秘恋の庭

金坂理衣子

幻冬舎ルチル文庫

CONTENTS

✦目次✦

秘恋の庭

✦ カバーデザイン＝久保宏夏（omochi design）
✦ ブックデザイン＝まるか工房

イラスト・緒田涼歌✦

秘恋の庭

まだ冬の気配を色濃く残す二月の朝。

冷たく澄んだ空気の中に、土壁がむき出しのボロ小屋はひっそりと佇《たたず》んでいた。

その入り口の、古ぼけてはいるけれど木目の美しい桜の板に達筆で認《したた》められた『築山造園《つきやまぞうえん》』の看板を、築山一樹《かずき》はまっすぐに見上げる。

衿《えり》には屋号、背中には『庭』の文字を染め抜いた藍色の半纏《はんてん》を羽織り、足下は脚絆《きゃはん》に地下足袋《じかたび》という一樹の姿は、これ以上ないほど分かりやすい庭師の出で立《い》ち。

祖父の代から続くこの築山造園を弱冠二十歳《はたち》で継いだ一樹は、若さ故に舐《な》められないよう敢《あ》えてこの古風な服装を選んでいた。

腕白少年のように日焼けした肌に、小柄な体格。好奇心旺盛《おうせい》そうな二重の大きな目と口角の上がった口元は、一樹を年よりもさらに幼く見せるが、顔の造作や体格はどうにもできない。せめてもの努力がこの服装だった。

「父さん……いってきます！」

自分がこの『築山造園』の看板を背負っているのだと、決意も新たに歩き出そうとした一樹の足下に、野球のボールが転がって来た。

どこからこんな物がと拾い上げて見渡せば、駐車場代わりの空き地から、鈴木浩志《すずきひろし》がこっちこっちと手を振っていた。その向こうには野崎信雄《のざきのぶお》の姿もある。

鈴木と野崎はこの築山造園の庭師。かつては十数人の庭師を抱えていた築山造園も、今ではこの二人と一樹だけ。

鈴木と野崎は三十四歳と五十八歳、と親子ほども年が違うが、なかなか息の合ったいいコンビだ。九時から得意先の庭の剪定《せんてい》に行く予定の二人は、それまでの時間つぶしをしていたのだろう。

「キャッチボールなんて、珍しいね」

一樹は手にしたボールの重みを懐かしく感じながら、大きく振りかぶって鈴木に向かって投げ返す。

「息子が少年野球に入りたいって言い出したもんで」

それで父としての威厳を保つべく、野崎を相手に練習をしていたらしい。鈴木は少年野球なんぞ親も振り回されて大変だと面倒そうに言いながらも、子供の成長は喜ばしいのか、その顔は嬉しさにほころんでいる。

一樹の心にも、楽しかった子供時代の出来事が甦《よみがえ》り、我知らず笑顔になる。

「俺も子供の頃、よく朋《とも》兄ちゃんとキャッチボールしたなぁ」

「ああ、あの小生意気な坊主か」

懐かしい名前を聞いて野崎も昔を思い出したのか、皺《しわ》の多い顔をさらにしわくちゃにして笑った。

小学生の頃、一樹は近所の四つ年上のお兄ちゃんによく遊んで貰《もら》っていた。というより、高齢過疎化が進んだこの北山辺《きたやまべ》村では子供が少なく、村では彼が唯一の遊び相手だった。

彼は奥二重の涼しげな目元に鼻梁《びりょう》の通った端整な顔立ちで、こんな田舎では特に垢抜《あかぬ》けて見えた。癖のない艶《つや》やかな黒髪に、肌の色も白かったため女の子のようだと揶揄《やゆ》する人もいたが、一樹は素直に美しいと感じていた。

頭もよくて、学校での成績は学年で一番。そんなお兄ちゃんが遊んでくれることが嬉しくて、誇らしくすらあった。

彼が遠方の高校に進学するまでの五年間、ずっと一緒に過ごした大好きだったお兄ちゃん。その人を悪く言われて、黙ってはいられない。

「生意気じゃないよ！　朋兄ちゃんは優しくて礼儀正しくて、すっごくいい人だった！」

「ああいうのは礼儀正しい、っててんじゃないよ。慇懃《いんぎん》無礼ってんだ。あ、慇懃無礼って意味、知ってるか？」

古株の野崎は一樹のことを生まれた時から知っているせいか、大人になった今でもこうして子供扱いしてからかってくる。

「知ってるよ！　それくらい」

子供扱いされたことにむくれ、一樹は肩を怒らせながら反論しようとして、今日は大事な用があったことを思い出す。遊んでいる場合ではなかった、と野崎に向かって不満を表する盛大なふくれっ面を見せてから自分のトラックに乗り込んだ。

「まあ……あの坊主も、かわいそうな子だったからなぁ……」

笑顔を消してため息混じりに呟《つぶや》いた野崎の言葉は、勢いよくエンジンを吹かした一樹の耳には届かなかった。

「……朋兄ちゃん、か。今頃、何処《どこ》で何してるのかなぁ」

細く曲がりくねった山道を市街地に向かってトラックを走らせながら、一樹は誰にともなく独りごちる。

離ればなれになってもう八年近く経《た》つが、今でもふとした時に心に浮かぶ。名前を口にするだけで胸の中に温かいものが広がる、懐かしい思い出の中の人。

もうとっくに成人して社会人になっているだろう相手に、そんな呼び方はどうかと思うが、それでもやっぱり一樹にとってその人は「朋兄ちゃん」だった。

朋兄ちゃん——荒川朋成《あらかわともなり》は小学五年生になる春に、一樹の家の近所に引っ越してきた。

村から小学校までは徒歩で四十分。新一年生になる一樹には、慣れるまでは誰か大人が付き添ってくれることになっていた。

しかし、いずれは一人で通わなければならなくなる。

入学は楽しみだけど、それが不安だった一樹にとって、彼は突然現れたヒーローのように感じられた。

一緒に登下校して、村に帰ってからも遊んでくれる。

かくれんぼで朋成を見つけられず一樹がベソをかき出すと、自分から出てきて石鹸《せっけん》の匂いがするきれいなハンカチで、涙と鼻水でぐちゃぐちゃになった一樹の顔を拭《ぬぐ》ってくれた。

日が暮れるまでお兄ちゃんと遊び、家に帰ればお父さんの膝《ひざ》の上で今日の出来事を報告し、おじいちゃんはそんな様子を笑って見ていた。

ありふれた、けれども愛《いと》おしい日々の象徴のように「朋兄ちゃん」の名は一樹の心に深く根付いていた。

何の悩みもなかったあの頃に還《かえ》りたい。だけど過ぎた時間は戻らない。

——それならばせめて、残された物だけでも守りたい。

「大丈夫！　何とかなる、なる！」

これから対面しなければならない事態を思うと、緊張と不安に押しつぶされそうになる。

そんな自分自身へ言い聞かせるように気合いを入れ、一樹は年代物のトラックのアクセルを踏み込んだ。

市内の中心を抜けてしばらく車を走らせると、一目で高級住宅街と分かる閑静な地域に入る。

その中でも一際目を引く、築地塀に囲まれた豪邸が目的地の来島《きじま》邸だ。

この千坪の庭を持つ来島家と築山造園は年間契約を結んでいて、毎月欠かさず庭の手入れに来ていた。いつも通り業者用の駐車スペースにトラックを駐《と》め、正面玄関から見える黒松の枝振りを確認してから脇の通用口に回る。

インターホンのチャイムを鳴らすと、家政婦の林田志津子《はやしだしづこ》が対応してロックを解除してくれた。

先代からずっとここに仕えている志津子は、もう六十歳を過ぎているはずだが、絣《かすり》の着物に襷《たすき》を掛けて、この広い屋敷を一手に取り仕切っている。

「ずいぶん早く来たわね、一樹君。旦那《だんな》様は午前中にいらっしゃることはほとんどないって言ったでしょうに」

「うん。でも万が一ってこともあるし、お弁当も持って来たから大丈夫だよ」

明るく笑う一樹に、志津子は切なげに眉《まゆ》を寄せた。

一樹が今日ここに来たのは庭の手入れが目的ではなく、先代から屋敷を引き継いだ新しい当主に会うためだった。

この来島邸は、インテリア関係の商品を輸入販売して一代で財をなした、来島勝《まさる》が金に飽かせて建てた別荘。取引相手の接待などに使われることもあるが、もっぱら勝がプライベートで利用していて、たまに娘の桜子《さくらこ》を伴うことはあったが夫人の佐緒里《さおり》が来ることはなかった。

一樹も子供の頃から父親の秀樹《ひでき》に連れられて何度もここに来ていたが、勝と話した記憶はあまりない。秀樹と勝が庭談義をしているのを、志津子の出してくれるおやつを食べながら聞いていただけ。

一樹が庭師になった頃には、勝は仕事が忙しくなったのかほとんど姿を見せなくなった。そのまま二年前に亡くなり、この屋敷と会社は息子が継いだと聞いた。

娘がいることは知っていたけれど、息子もいたとは初耳だった。

その新当主は会社の近くに住んでいてここには休日に訪れる程度だそうで、出入りの業者に過ぎない一樹は彼と会う機会はなく、名前すら知らない。それでも、代替わりしても契約は更新されていたので、この庭を気に入ってくれているのだろうと思っていた。

それが数日前に突然、庭を潰《つぶ》すので契約を打ち切ると通達された。

思いがけない話に驚いて、連絡をしてきた秘書に事情を訊《たず》ねてみたが、理由を話す義務などないとにべもなくあしらわれた。

確かに自分の庭をどうしようと勝手だろうが、簡単に引き下がることはできない。

この庭は、一樹にとってこの世で一番大切な場所。

できることなら考え直して貰いたい。それが無理なら、せめて丹精込めて世話してきた植木だけでも引き取らせて欲しい。そう直談判《じかだんぱん》したかったのだが、当主と直接連絡を取る手段がなかった。

会社に乗り込もうかとまで思い詰めていた一樹に、その思いを知る志津子が、当主が屋敷を訪れる日を教えてくれた。

会えるまで何時間でも待つと言う一樹を志津子は気の毒がったが、この広い庭ではすることは山ほどあるから待つのは苦にならない。

来島邸は門から玄関までの前庭、座敷に面した主庭、離れを囲む奥庭、通用口のある裏庭に分かれていて、小さな中庭も有している。それぞれの場所で違った趣を楽しめる、回遊式庭園と呼ばれる形態だ。

山や川や樹木、それらの自然物を家に居ながらにして楽しめるよう、一纏《ひとまと》めにした縮景が庭園の基本。

来島邸は前庭で俗世間との隔世を促し、山と滝がある主庭ではゆったりした水の流れで心を静め、奥庭は瞑想《めいそう》を誘う静かな奥山の風情を楽しめる。裏庭も、人の出入りを妨げぬ生活動線としての配慮を施しつつ、山寺の参道のような侘《わ》び寂《さ》びを醸し出していた。

こんなに美しい庭を、一樹は他に知らない。

周りの景色を心に焼き付けるように見渡して、目に付いた貝塚伊吹《かいづかいぶき》の先祖返りして尖《とが》った杉葉を指で摘《つま》み取りながら、新当主をどう説得すればいいか考えを巡らせる。

屋敷の主が変われば、庭の趣向も変わって当然だろうが、潰してしまうとは乱暴だ。

新当主が拝金主義者で庭を無駄なものと思っているとしたら、庭がないと見栄えを損ない屋敷の価値を下げると説得できる。維持費が高すぎるというなら、暇を見つけて一樹が一人で作業することにして、費用を実費だけに抑えると提案するのもいいだろう。

新しい当主がどんな人なのか、分からないことが不安をかき立てる。

でも心配ばかりしていたって仕方がない。心を包む暗雲を吹き飛ばすべく、何を言われても対応できるよう頭の中でシミュレーションしつつ作業を続けた。

昼にはお勝手で弁当を使わせて貰い、奥庭の剪定に移る。

「あれ？」

奥庭へと続く角を曲がった途端、庭に面した離れの様子が変わっているのに気付き、一樹は思わず声を上げた。

新年に向けて師走《しわす》に徹底的に剪定したので、一月はこちらの庭へ入らなかった。その間に改築されたらしい。

別棟だが渡り廊下で繋《つな》がっている離れ家は、屋敷と同じく和風建築。

木枠の風情ある窓と内障子だったのが、洋風の格子状のサッシ窓とカーテンに付け替えられている。室内の様子は、カーテンが閉まっているので分からない。

開いていたとしても、庭師が窓から室内を覗《のぞ》くなど言語道断。覗き見していると誤解されないよう、窓の方を見ることすら極力しない。

けれど今の当主が屋敷を変えていこうとしているのを目《ま》の当たりにして動揺し、ついじっと見てしまった。

離れの中を洋風に設《しつら》え直し、それに合わせて庭も洋風に変えたがっているのだろうか、と不安な気持ちが大きくなる。

だが、今はできることをするしかない。ほんの数秒で我に返って視線を外し、また心を静めて木と向かい合う。

それからどれほど経ったか、玄関の方から声がするのに気付いた。

一樹は手早く手や服に付いた葉っぱを払い、日に晒《さら》されボサついている黒髪を手櫛《てぐし》で撫《な》でつけて体裁を整え、前庭に駆けつけた。

玄関に入る手前で志津子が押しとどめてくれている、スーツ姿の若い男性が新しい当主なのだろう。志津子が、庭師さんの話だけでも聞いてあげてくださいな、と取りなしてくれているのがありがたい。

「あのっ、来島社長！　庭を任されている築山造園の者です。お忙しいところを申し訳ないのですが、少しだけお時間をいただけないでしょうか！」

一樹は緊張のあまりろくに相手の顔も見ず、懸命に頼みながら頭を下げた。

「築山……一樹か？」

「え？」

名乗る前に下の名前を呼ばれて驚いた一樹は、顔を上げて目の前に立つ背の高い青年を見た。

普段スーツとは縁のない一樹でも、高そうだと分かるほど仕立てのよいスーツを自然に着こなしている。相手も予想外の出来事に驚いているのか、目を見開いているがそれでも端整なその顔には、懐かしい人の面影があった。

「朋兄ちゃん！」

来島邸の新しい当主は、一樹が実の兄のように慕っていた荒川朋成だった。

昔は女の子のようだと言われていたなんて想像もできない、長身に見合った立派な体格の大人の男性へと変わっている。それでも見間違えるはずがない。

しかし何故《なぜ》、荒川から来島に名字が変わっているのか、一樹は首をひねった。

「あれ？　……でも、名字……あ、朋兄ちゃん結婚したんだ。来島さんのお嬢さんと！」

息子というのは、娘婿《むすめむこ》のことだったのか。

来島勝の娘とはほんの数回挨拶《あいさつ》を交わした程度だが、目鼻立ちのはっきりとした美しい人だったと記憶している。

海外に留学したと聞いていたが、戻ってきたのか。あの人と朋成ならお似合いだ、と思おうとしたが、自分のお兄ちゃんを取られたみたいで寂しい気持ちになる。笑顔で祝福しようとしたのに、できない自分に困惑した。

朋成も、一樹の言葉に何故か嫌そうに眉をしかめる。

「違う。彼女は……桜子は姉で、来島勝は俺の実の父親だ」

「そうだったんだ。荒川はお母さんの方の名字だったんだね。でも、朋兄ちゃんが来島さんの息子で、お姉さんまでいたなんて知らなかったな」

朋兄ちゃんが結婚していなくてよかった、とつい笑顔になってしまったが、笑っていい話ではないとすぐに気持ちを切り替える。

両親の離婚で、お父さんだけでなくお姉さんとまで離ればなれになったなんて、どんなに寂しかっただろう。そんな事情などまったく知らず、わがまま放題で朋成に甘えまくっていた過去の自分が、今更ながら恥ずかしくなった。

「おまえ……何も知らないのか？」

自己嫌悪に陥っていると、朋成に探るような目で見つめられ、そんな話を聞いたことがあっただろうかと必死に記憶を探る。でもそんな話を耳にした覚えはない。

「知らなかった。……聞いてたのに忘れてたんなら、ごめんなさい」

散々思案した結果を正直に告げると、朋成は何故か安堵《あんど》にも似た不思議な表情でため息をついた。

「聞いてないならいいんだ。一樹は本当に、変わってないな」

「ええ？　そう？　朋兄ちゃんはこんなに格好良くなったのに、俺だけ昔のまんまって、ひどくない？」

「分かった、分かった。一樹も格好良くなってて驚いたよ」

代わり映えしないと言われたみたいな気がして半《なか》ば本気でむくれると、朋成が昔のままの見守るみたいな優しい眼差《まなざ》しで微笑《ほほえ》んでくれた。

その変わらぬ笑顔に嬉しさで心が弾んだが、はたと大事な用件を思い出した一樹は気を引き締める。

「そうだ！　せっかくお父さんから継いだこの庭を、どうして潰すの？」

驚くことの連続で後回しになってしまったが、今日はこのことを訊ねに来たのだ。朋成の腕を摑《つか》んで真《ま》っすぐに見上げ、質問をぶつけた。

けれど、一樹にとってはかけがえのない場所でも、朋成にとってはただの庭。特に大した意味はないとばかりに軽く返される。

「どうしてって……興味がないからだ」

「興味がないって……きれいだと思わない？　緑を見てたら心が癒《い》やされたりとかしない？　維持費が掛かりすぎるっていうなら勉強するから！」

必死に食い下がる一樹の勢いに押されてか、朋成は困惑した様子で一樹から視線を逸《そ》らす。

「金の問題じゃなく、木を抜いて芝生を敷いて……まあ、その方が広々としていいかと」

「そ、そんな理由なの？　この庭があってこそ屋敷が栄えるのに……」

人により価値観は様々だと分かってはいるが、自分の大切なものが朋成にとってその程度のものかと思うと、がっかりするより悲しい気持ちになる。

胸がつまって言葉をなくした一樹が泣き出すとでも思ったのか、朋成は優しく一樹の頭を撫でた。

「芝生の手入れは今まで通りおまえのところに頼んで、メンテ代も今と同額払わせて貰う」

だから心配しなくていいと微笑んでくれたが、一樹が案じているのは収入のことではない。

確かに庭のある家が減った昨今では、一軒でも顧客が減るのはきつい。しかし、金のことなどどうでもいい。

この来島邸の庭は、一樹にとって特別な場所だった。

「この庭は、お父さんが初めて図面から任されて創った庭なんだ！　お願いだから潰さないで」

庭師の仕事は『剪定三年。石十年』と言われ、熟練するまで長い経験が必要だ。さらに設計から庭造りを行うには、施主だけでなく建築業者などとも意見を交わせるだけの知識がなくてはいけない。

作庭を任されるということは、まさに庭師として一人前になった証《あかし》。思い入れはひとしおだ。

「それなら、どうして親父《おやじ》さんが頼みに来ないんだ？」

それが筋だろうと不満げな朋成に面食らった一樹だったが、当時のことを思い返して小さく肩を落とした。

「ああ……朋兄ちゃんってば全然村に帰ってこなかったから、知らないんだね。父さんは、もう……」

「……亡くなられたのか」

「朋兄ちゃんが高校に行っちゃった次の年に、交通事故で」

そんなに早くと目を見張る朋成に、静かに頷《うなず》く。

この庭は、一樹の父親の秀樹が創った最初にして最後の庭になってしまった。

一樹自身、今でもまだ信じられない気持ちだ。

飲酒運転で中央線を割ってきた対向車との、避けようのない正面衝突事故。いつものように、いってきますと笑顔で出かけた父親と無言の対面をしたあの日のことは、鮮明に覚えているのに妙に現実感がない。

だけどそれが現実で、まだ中学生だった一樹も学校がない日は草むしりや掃除などの下働きをして祖父を支え、築山造園を守ってきた。

「今は、おじいさんと一緒に仕事を？」

「そうだったんだけど、じいちゃんは去年の暮れで引退しちゃったから、今は俺が築山造園の当主だよ！」

築山造園
築山造園

「おまえが？」

三十五歳の働き盛りで亡くなった父親には、まだまだやりたいことがあったはず。

一樹も、父親に教えて欲しいことが沢山あった。だけどそれはもう叶《かな》わない。だから自分が当主となって、自分の力で父親の遺志を継ごうと決めた。

庭は庭木の生長と共に変わっていく。父親はこの庭をどんな風に仕立てたかったのか、どの枝を伸ばし、どの枝を切っただろう。心の中で父親と対話しながら剪定を続けてきた。

そんな一樹の真摯《しんし》な想いも知らず、大げさなほど驚いて破顔する朋成に一樹は派手に口を尖らせる。

「俺だってもう二十歳だよ！　いつまでも小学生じゃないんだからね！」

「それが施主に対する口の利き方かな？　ご当主」

朋成の意地悪だがもっともな言い分に、ぐっと黙り込む。からかわれていると分かっても、今は築山造園の代表として施主にお願いに来たのだ。きちんと筋は通そうと、深々と頭を下げて懇願する。

「先代が丹精込めて創った庭です。潰すという話は、ご再考を願えませんでしょうか」

精一杯の丁寧な口調で言い直す一樹に、吹き出しそうなのを堪《こら》えようとしたが失敗して笑い出した朋成を、ふくれっ面になりじっとり見つめた。

「一樹がそんな言葉遣いをするようになるなんてな。……分かった、少し考えてみる」

「ほ、本当に？　あっ、本当ですか？　ありがとうございます！　朋兄……じゃないや、えっと、来島さん」

「朋兄ちゃんでいい。どうも調子が狂う」

おまえもやりにくいだろうと言われ、大きく頷いてしまう。

まだ笑いが治まらないのか笑顔の朋成は、『来島朋成』ではなく『朋兄ちゃん』だった。

「ありがとうございます。朋兄ちゃん」

再び頭を下げて懐かしい呼び名を口にすれば、改めて嬉しくなってきた。胸が熱くなるほどに鼓動が高鳴り、ワクワクした気持ちになる。

大切な庭が壊されなくてすみそうな安堵感より強く、大好きだったお兄ちゃんが帰ってきた喜びに心が震えた。

話が一区切りつくと、控えていた志津子に立ち話もなんでしょうからと促されて場所を変えた。

庭に臨む座敷へ通され、志津子の出してくれたお茶と茶菓子をいただく。

昔に自分の父親と来島勝が庭を眺めながら話し込んでいた時の再現のようで、一樹は何だか不思議な気分になった。

夢みたいな事態は現実味がない。もっと近くに感じたくて、向かい合わせで座っていた朋成の隣へ膝行《いざ》り寄って見上げると、朋成はどうしたのかと視線で問いかけてくる。

その優しい眼差しは、昔のまま。

子供の頃の朋成は、母親の洋子《ようこ》と一緒に北山辺村の祖母の家に身を寄せた。だが祖母は身体《からだ》を壊したとかで養護施設に入ってしまい、母子だけで暮らしていた。その朋成がどういう経緯で父親の姓を名乗ることになったのか、気になるけれど家庭の事情に立ち入るのは躊躇《ためら》われる。

でも一樹には、朋成に再会できたらどうしても聞きたいことがあった。

「朋兄ちゃんは、どうして俺に何にも言わずに出て行っちゃったの？」

中学を卒業した朋成は、市内の公立高校に進学すると思っていた。

最後に会った日も、いつものように普通に別れた。なのに次の日には、朋成は身の回りの荷物だけを持っていなくなってしまった。

朋成がどこの高校に行ったのか、洋子ですら知らなかった。すべて一人で手はずを整え、勝手に出て行ったという。

年下でとても頼りになる存在ではないが、それでも朋成と一番仲がいいのは自分だと信じていた一樹にとって、何も話して貰えなかったのはショックだった。相談に乗るのは無理でも、何処に行くのかぐらいは言ってくれてもよかっただろうに。

何も分からないまま、朋成が独りぼっちでどうしているのか案じていると、周りの大人達が、母親と喧嘩でもして父親の元へ行ったのだろうと慰めてくれた。

朋兄ちゃんの家にお父さんがいないのは、自分の家にお母さんがいないのと同じで、死んでしまったから——そう思い込んでいた一樹は、そこで初めて朋成の父親が存命だと知った。

お父さんの元で幸せに暮らしているなら、それでいいと安心はした。だけどそれでも、出て行ったきり手紙もなければ年賀状の一枚も寄こさないのはひどいと思った。

何か気に障ることをして嫌われたのだろうか、と悩んで落ち込んだりもした。

もしも、自分に嫌われる理由があったのだとしたら謝りたい。

真剣に問いかける一樹に、朋成は大したことじゃないと肩をすくめる。

「一樹は俺のお袋と仲がよかったからな。おまえに話せば、あの人にもバレて邪魔されると思ったんだ」

「確かに朋兄ちゃんのお母さんのことは好きだったけど、朋兄ちゃんが言うなっていったら絶対言わなかったよ！」

幼くして母親を病気で失った一樹にとって、洋子は憧《あこが》れの存在だった。

市内の小料理屋の女将《おかみ》で、家にいる時でもいつも着物姿できっちりと髪を結い上げていた。涼しげな目元と襟足の美しさに、子供心にドキドキするほど美しい人。

そんな洋子がお父さんと再婚してくれたら、自分にもお母さんができるのにと思っていた。

だけど再婚を願った一番の理由は、朋兄ちゃんが本当のお兄ちゃんになるからだった。

それほど大好きだった朋兄ちゃんに黙って置いて行かれた悲しさは、今思い出しても鼻の奥がつんと痛くなるほどだ。

なのに朋成は、口の端を上げて意地悪く笑う。

「そうか？　あの人に泣き落としをされたら、黙っていられる自信があるか？」

「……それは、まぁ……無理」

もっともな突っ込みに、しょぼんと肩を落とす。一樹は父親や周りの職人達に、女性を泣かせるなんて男じゃないと躾《しつ》けられた。ましてや、子を思う母の涙に逆らえるはずもないだろう。

上手《うま》く丸め込まれた気はするが、反論の余地はなかった。

「それで、おばさんは今どうしてるの？」

朋成が家を出て二年ほどしてから朋成の祖母が亡くなり、洋子もどこかへ引っ越して行った。市内にあった料理屋も数年前に閉めたと聞いたが、それきり洋子の行方《ゆくえ》についても一樹は知らなかった。

「銀座に店を持って、元気にしているらしいよ」

銀座のお店なんて田舎育ちの一樹には想像も付かないが、きっとすごいお店なのだろう。

幸せに暮らしているようでよかったと思うが、人伝《ひとづて》に聞いただけらしい素っ気ない朋成の言い方が気になる。

あれからずっと仲違《なかたが》いしたままなのだとしたら悲しい。

洋子は朋成に厳しかったが、幼い一樹にはとても優しくしてくれた。朋成には父親がいない分、自分がしっかりしなければと気を張っていたが、根は優しい人なのだろう。

それなのに、こんなに長い間決裂したままになるなんてどうしてなのか。

気になるけれど、表情を消した朋成の顔はそれ以上の詮索《せんさく》を拒否しているようだ。

仕方なく口をつぐんだ一樹に、今度は朋成が近況を訊ねてくる。

「おまえはどうしていたんだ？　あのおじいさんが引退とは、どこか具合でも悪くされたのか？」

「ずっと無茶ばっかりしてたから、腰をやられちゃって。今は伯母《おば》さんの家で、隠居生活だよ」

一樹の祖父の豊介《とよすけ》は、頑健な体つきで力自慢だったが、それを過信して無理を重ねていた。特に息子を亡くしてからは、どんな無理な依頼でも引き受けて働き続け、身体をこわした。

ひどい腰痛を患い、このままでは歩けなくなると医者から言われても仕事を続けようとするので、ここにいてはいけないと長女の嫁ぎ先の和歌山に引き取られていった。

「そこでも近所の庭仕事を買って出て、伯母さんに叱《しか》られてるみたいだけど」

「おじいさんらしいな。しかしあの人が隠居したとなると、今はあの家に一樹が一人で住んでいるのか」

一樹の家はこの来島の屋敷より広い旧家のお屋敷で、部屋の数はまともに数えたこともなかった。その広い屋敷の中で、一樹と朋成は雨の日でも走り回って遊んだ。

昔を懐かしんでいるのか、笑顔になった朋成に一樹も微笑み返したかったけれど、上手くできなくて、口の端だけ上げて笑顔らしきものを作る。

かくれんぼでも鬼ごっこでも何でもできたあの屋敷も、今はもうないから。

「朋兄ちゃん……あれから、朋兄ちゃんがいなくなってから……いろいろ、すっごく変わったんだよ」

築山家は、秀樹が亡くなってから半年もしないうちに、さらなる奇禍に見舞われた。

谷沿いにあった、植木溜《うえきだめ》と呼ばれる庭に植える前の植木や庭石を置いておく場所が、豪雨による鉄砲水に襲われたのだ。

丹精込めて育てた植木や各地から取り寄せた希少な庭石も、土砂に飲み込まれてすべて喪失。荒れた土地は使い物にならなくなり、屋敷も庭石などの買い入れの担保にしていたため差し押さえられてしまった。

「お父さんも、土地も家も……ぜーんぶ、一度になくしちゃった」

「そうか……何も知らなくて……悪かったな」

「ううん。もう、昔のことだもん」

辛いことを思い出させたのを沈痛な面持ちでわびてくる朋成に、心配を掛けたくなくて一樹は大きく頭を振って明るく振る舞う。

「ずいぶん強くなったな。——あんなに泣き虫だったくせに」

「一言多いよ！」

褒めて落とす朋成の意地の悪さに、子供の頃よくやったみたいに体当たりする勢いでどんと肩をぶつけた。結構強めに当たってしまったのに、朋成はびくともしない。

その確かな現実感が嬉しい。

今までに何度か、朋成の出てくる夢を見た。一緒に学校にいたり、行ったこともない浜辺で遊んでいたりする、何のことはないとりとめのない夢だったけど、とても幸せな気分になれた。

でもその分だけ、目覚めて夢だと分かったときの寂しさはひとしおだった。

祖父に心配を掛けたくなくて、普段は涙を見せなくなった一樹も、そんな朝だけは布団の中でこっそり泣いた。

辛い時や悲しい時も、朋兄ちゃんが側にいてくれたらどんなに頼もしいだろうと何度も思った。

だけど朋成は本当の兄ではないし、彼には彼の人生がある。母親の元を一人離れた朋成だって、きっと苦労をしているはず。そう考えれば、自分も頑張ろうという気持ちになれた。

今はただ、こうして再会できたことが嬉しい。穏やかな表情で自分を見つめてくれている朋成に、暗い顔など見せたくないと思うと、自然と笑顔に戻れた。

「今はどこに住んでるんだ？」

「村はずれの苗畑、覚えてる？　そこに住んでる」

植木の苗を育てていた畑と、休憩所代わりに建てられていた小屋。かつて村一番の物持ちといわれた築山家に残された財産は、それだけだった。

不運の連続に、一樹は目玉が溶けるかと思うほど泣いたけど、泣いていたって何も変わらなかった。

それならば手探りでも、這《は》ってでも前に進もう。そう決めた。

庭師と並行して商っていた植木を売る植木屋としての仕事はできなくなったが、庭師として造園業を続けることにした。祖父の豊介と一樹、それに僅《わず》かに残ってくれた職人と共に細々とだががんばってきた。

苦労の連続だったが、前に進み続けた。そのおかげで今、こうして朋成に再会できたなんて、がんばってきたことへのご褒美に思える。

「今度遊びに来てよ！　もうかくれんぼはできない狭い家だけどさ」

昔のようにしがみついて見上げると、朋成も変わらぬ優しさで一樹の頭を撫でてくれる。

その確かで温かな手のひらの心地よさに、一樹はうっとりと目を細めた。

朋成は、別宅として使用しているこの来島邸に、先月から休みの度に通っていた。とはいえ社長になってまだ一年の身では、覚えることもすることも山ほどあって、なかなか思うように訪ねられない。

それでも、今日は何とか昼過ぎに仕事を終えてここへ来た。

屋敷での用事を済ましても一樹との待ち合わせまで時間が余り、ほんの三十分ほどの間に朋成はもう何度目か忘れるほど腕時計を見ていた。

時計の針の進みをやけに遅く感じる。こんな風に誰かを待つなんて久しぶりだ。

約束の時間まで後僅か。それまでの暇つぶしに、一樹と約束をした日のことを回想する。

予期せぬ再会に話は弾み、日暮れまでずっと二人で話し続けた。そのまま一樹と一緒に夕食をとりたかったけれど、あいにく商談を兼ねた食事会の予定が入っていた。

後日に改めてと食事の約束をしたが、その時のやり取りは今思い出しても口元が緩む。

「――今度、一緒に食事にでも行くか？」

「行く行く！　俺、ステーキ食べたいな」

「食べたいなって、俺に集《たか》る気か？」

「えーっ、奢《おご》ってくれないの？」

あからさまに残念な顔をされ、自分の周りに金目当てで群がってくる奴らと同じように、一樹も自分と一緒に食事をしたいわけではなく、ただの奢り目当てかと不快に感じた。

だが、それは一瞬のことだった。

「じゃあ、駅前の『将軍』にして。社長さんが行くようなお店じゃないけど、俺の予算じゃそこくらいしか行けないもん。あそこなら焼肉食べ放題に、ソフトドリンク飲み放題つけても二千円ですむんだよ」

奢りでないなら自腹で行ける安い店でと提案してくる一樹に、本当に自分と食事に行きたいのだと分かって、あっという間に機嫌が直る。

そんな単純な自分に苦笑いしてしまう。

「奢ってやる」

「え？　本当？」

奢るの一言で、一樹の目の輝きが変わる。

感情を隠さないというか、隠せないのも昔のままだ。気持ちを、そのまま表情と態度で表してくる。

並んでべったりとくっついて座っていたがさらに身を寄せて腕を絡め、すでに極上ステーキを前にしたみたいにキラキラした眼差しで見つめてきた。

そんな顔をされては、知っている中で一番の店に連れて行ってやらざるを得ない。

「いいステーキ店を知ってるから、連れて行ってやる」

「そこって食べ放題？」

力仕事をしている一樹には、腹一杯食べられるかどうかは重要なのだろう。

しかし全国にチェーン展開している、インテリア業界では名の知れた『インテリア・カム』の社長が連れて行ってやろうという店を、食べ放題なんて庶民的なサービスがある店と思うとは。

もしかして、社長といっても自分のような若造が連れて行ってくれる店なんてたかがしれてる、と馬鹿にされているのではと勘ぐってしまう。

「いや……違うが。ちゃんと腹が一杯になるコースを頼んでやるから」

「本当に？　俺、結構食うよ？」

必死に訴えてくる一樹の目は真剣で、お巫山戯《ふざけ》で言っているわけではなさそうだ。どれほど食べる気でいるのか、少し楽しみになったほどだ。

予定の空いている日が分かったら連絡すると、携帯電話の番号を交換した。

朋成の番号が表示された画面を嬉しそうに見ている顔も、演技でできるものではないだろう。

昔のままの一樹の素直な反応が、疑心暗鬼でまず人は疑って掛かるのが当たり前になっている朋成の心を、柔らかくほぐしていく。

凍り付いた心に血が流れていくみたいに、胸の奥がじんわりと温かくなっていった。

別れ際に朋成の車を見送るバックミラーに映る一樹はずっと手を振り続けていて、引き返したい気持ちを抑えるのに苦労した。


約束の時間通りに現れた一樹を出迎えた朋成は、その車にしばし言葉を失う。

奢りのお礼に送迎は自分がする。酒は苦手で飲まないから、と一樹から言われて了承したが、この展開は予想外だった。

「どうかした？　朋兄ちゃん。俺、時間間違えた？」

「いや……この車で……行くのか？」

「そうだけど？」

一樹が乗ってきたのは、荷台に大きく『築山造園』とロゴの入った紺色の古びた2トントラック。

どうリアクションすればいいものか、対応に苦慮する。

一樹の父親も仕事ではトラックに乗っていたが、私用で出かける際には高級国産車に乗っていた。だからつい、一樹もそれなりの車に乗っているだろうと思い込んでしまっていた。

度重なる災厄で零落《れいらく》したと聞かされていたのに、話だけではどうも実感が湧《わ》かない。

「あ、もしかして駐車場が狭い店なの？」

複雑な表情をする朋成に、店の駐車スペースに問題があると思ったのだろう。だったら軽トラックで来ればよかったと臍《ほぞ》をかむ一樹に、体裁を気にする自分が馬鹿みたいに思えた。朋成がいつも利用するレストランにこのトラックで乗り付けたら、ドアマンは一体どんな顔をするだろう、と想像するだけで笑いがこみ上げてくる。

しかし、一樹が馬鹿にされて傷つくことにでもなったら、笑ってはいられない。

一樹の服装は量販店で買いそろえたのだろう、ありきたりのデザインのシャツにカーゴパンツとスニーカー。再会した日のいっぱしの職人風の半纏姿もよかったが、年相応の格好もいい。

だが残念ながら、これから行く店にこの服装は相応《ふさわ》しくない。

一樹は子供の頃から服に無頓着《むとんちゃく》だったので、この程度のことは予測していた。それなりに場に相応しい服を買いそろえてやるつもりで、時間に余裕を持って待ち合わせた。

でも、いきなり車を買ってやるのは、不可能ではないが不自然だろう。

自分の車を出そうかとも考えたが、それでは一樹の車がボロだから行けないと気付かれてしまう。このまま駐車場の問題と思わせておくことにした。

「予約した店は無理だが、別の店にしよう」

「うーん……それもいいけど、よかったら家に来る？　今朝、大根を貰ったからおでんを仕込んでおいたんだ。まだいっぱい残ってるから、大根のフルコースを作ってあげるよ！」

思いがけない提案だったが、今の一樹の暮らしが見てみたかった朋成は、二つ返事で了承した。

トラックに乗ったのは久しぶりだった。

村で暮らしていたとき、一樹と一緒に秀樹に乗せて貰って以来。トラックは運転席と助手席の間に小さな座席がある三人乗りになっていて、そこに座ると助手席より運転席に近いせいか、自分が運転している気分になれて面白かった。

そんな懐かしい思い出話をしながら、朋成は家を出てから初めて北山辺村へ帰った。

一樹がトラックを駐めたのは、確かに何度か一樹と来た場所だったが、建っていたのはこんなに小さなボロ屋だったたろうかと記憶を疑いたくなる。

さらに、こんな所に住んでいるのか、と驚きが隠せなかった。

けれど一樹は、昔の屋敷より台所もトイレも近くて便利だと笑う。その笑顔には、強がった様子などみじんもない。

「昔の家は古くてだだっ広かったから、夜なんてお化けが出そうでトイレに行くの怖かったんだよ」

「でも、かくれんぼができてよかっただろ」

朋成の言葉にそれはそうだけど、と笑いながら一樹が招いてくれた小屋の中は、思いの外《ほか》きれいだった。

玄関の簡素な作り付けの下駄箱の上には、蠟梅《ろうばい》を生けた花瓶《かびん》と繊細な細工が施された香炉が飾られている。上がり框《がまち》と繋がった台所は板の間で、場違いなほど立派な欅《けやき》の一枚板の衝立《ついたて》で仕切られていた。

家はボロだが、何気なく置かれている骨董品《こっとうひん》と呼べるほど古いが質のよい品々に、名家の名残を感じる。

障子で仕切られた居間は畳敷きで、これまた質素な部屋に似つかわしくない漆塗紫檀《うるしぬりしたん》の座卓の前に座布団を敷かれ、そこに座らされた。

一樹は座布団も当てずに、何故か神妙な面持ちで朋成のすぐ隣に座る。

「あの……朋兄ちゃん。庭のこと、考えておくって言ってたけど……考えた結果、どうなったの？」

改まった様子に何かと思えば、そんなことかと肩の力が抜ける。

庭を潰すという話に「考えておく」と答えた。それでもう潰す気はないと伝わったと思っていたが、はっきり答えを聞きたいのだろう。

「ああ……あのことか。どうするかな」

「まだ考え中なの？」

答えはとうに出していたのに、一樹が不安げに眉根を寄せて朋成の上着を摑んで縋《すが》ってくるのが面白くて、腕を組み考え込むふりをして焦《じ》らす。

「広々した庭がいいなら、木を間引いて枝ももっと剪定して広く見せるから！」

「広く見せなくても十分広い。下手にいじるくらいなら、今のままでいい」

あんまり必死に訴えてくるので、さすがにかわいそうになって答えてやると、一樹は花が開いたようにぱっと明るい表情になった。

この笑顔のためなら、仕方がないと諦《あきら》められる。

本当は、庭を潰したかったのには訳があった。

大切な人との約束を果たせなくなるのは残念だが、理由を話せば納得してくれるだろう。

「ほ、本当に？　何も変えなくていいの？」

「ああ。……おまえがちゃんと、今まで通り手入れしてくれるならな」

自分から断ち切ったが、予期せぬ形で繋がった一樹との縁。

元々、一樹の元を去ったのはやむなく選んだ選択だ。自身の幼い頃からの決意を貫くためと、一樹のため――そう思って会いたい気持ちを心の奥深くに沈め、今まで過ごしてきた。

しかし心の奥に隠した想いは、消えるどころか大きく成長してしまっていたようだ。

再会してみれば、ほんの数日会えないだけで苛立《いらだ》ちが募るほど会いたかった。二度と失わないために、切れない強い縁で一樹を自分の手元に縛り付けておきたい。

――あの庭さえあれば、一樹をずっと側に置いておける。

偶然手に入れた切り札の威力にほくそ笑む、朋成の思惑など知るよしもない一樹は、安心したらお腹《なか》が空《す》いちゃったと無邪気に食事の準備に掛かる。

「こちらが本日のメインディッシュでーす」

おどけながら、一樹は毛布にくるんで保温していた大きな鍋を取り出す。中身は大根たっぷりのおでんだ。

明日食べようと朝に炊いておいたというそれを、昔ながらの石油ストーブの上に置いて温めながら他の料理の準備にうつる。

「何か手伝おうか？」

「いいから、いいから。お客様はテレビでも見てて」

立ち上がり掛けたが押しとどめられ、朋成はまたその場に腰を下ろす。

台所と居間をつなぐ障子は開けっ放しで、居間からでも一樹の様子が見られる。壁際にテレビはあるが、つける気にならない。

座卓に片肘《かたひじ》を突き、忙しく立ち働く一樹の様子を眺めながら待つ時間は、心地よい退屈だった。

しばらくして座卓に並んだのは、一人なら三日分はありそうなおでん。大根と白菜の浅漬けに大根とニンジンのなます、大根葉のふりかけと本当に大根づくしのメニューだった。

貰い物の大根で作ったといっていたが、一本分とは思えない。

「こんなに沢山貰ったのか」

「うん。でも、ただで貰ったってわけじゃないよ。ちゃんと等価交換なんだから」

そう言って一樹は堂々と胸を張る。庭の剪定に草むしり、雨樋《あまどい》の掃除から電球の交換まで、村の人から頼まれれば何でもするという。

そのお礼として、畑の野菜やおばあちゃん手作りの惣菜《そうざい》などを貰うらしい。

「ビールと日本酒もあるからね！」

「それも貰い物か？」

「うん。これは仕事先で貰ったんだけど」

くれるというものを断るのは悪いから、という屈託のない笑顔にさもしさはない。しっかり働いてくれたからそのお礼という意味もあるのだろうが、きっとみんなちょっとした物でも大喜びする、一樹のこの笑顔が見たくてそうするのだろう。

特に年寄りばかりのこんな村では、一樹は昔からみんなの孫のような存在で可愛がられていた。

家が没落しても、変わらず大切にされていると分かって安心する。だが同時に、一樹を放っておけない気分になるのが自分だけではないと思うと、不愉快な気分になる。

黙り込んだ朋成の様子をどう取ったのか、一樹は貰い物でも味は買ったのと同じだよと笑いながら、朋成のグラスにビールをついだ。

朋成も返杯しようとしたが、一樹は自分のグラスに手で蓋《ふた》をした。

「駄目だよ！　俺は朋兄ちゃんを送っていかなきゃならないんだから」

「タクシーを呼ぶからいいよ」

「いや、本当に飲めないから」

そう言われると、飲んだらどうなるのか見てみたくて、ますます飲ませたくなる。

「それなら、俺もそのオレンジジュースでいいよ。一人で飲むのは気が引ける」

一樹が自分の分として持って来ていたオレンジジュースの紙パックを指すと、それは申し訳ないと一樹はようやく付き合う気になったらしい。

渋々差し出されたグラスに、なみなみとビールを注ぐ。

「俺、本当に飲めないよ？　って言うか、寝るからね」

それは楽しみだという言葉をぐっと飲み込み、笑顔を見せる。

「家だから別にいいだろ。ほら、せっかくだから乾杯しよう」

「じゃあ……えっと、再会を祝して？」

「ああ。再会を祝して」

乾杯とグラスを合わせ、朋成は一気にグラスを空けた。それを見て一樹もグラスに口をつける。一口二口はごくごく飲んだようだが、三口目辺りで眉間《みけん》に皺を寄せて飲むのを止《や》めた。ビールの苦みが苦手なのだろう。

それでも付き合ってくれたことが嬉しくて微笑むと、飲めないことを馬鹿にされたと思ったのか、一樹は唇を尖らせる。

その表情がおかしくて、朋成は声を立てて笑った。

まずは湯気の上がるおでんの大根に箸《はし》をつけると、しっかりと味の染みた大根は筋っぽさがまるでなく口の中で蕩《とろ》ける。

「うまい大根だな」

「それ、市販されている大根とは品種が違うんだよ」

瑞々《みずみず》しいが水分を多く含んでいるが故に表面にひびができて見栄えが悪いので、自宅用に栽培するだけで店に卸さないという。

「そんな珍しい物が食べられるなんていいな」

「これで肉をくれるご近所さんがいてくれたら完璧なんだけどな。卵は貰えるけど……ピーちゃん捌《さば》いちゃうわけにいかないもんね」

どうもピーちゃんというのは、近所で飼われている鶏のことらしい。冗談なのだろうが、ちょっと本気の混じった目が怖い。一樹は相当肉に飢えているのだろう。

「今度はちゃんと肉を食わせてやる。ピーちゃんが食われちゃ気の毒だからな」

「本当に？　やったー！　あ、ビールもう一本開ける？」

肉に気をよくしたのか、甲斐甲斐《かいがい》しく世話を焼いてくる。そんな現金な態度も、嫌味がなくて微笑ましい。

おでんとビールを堪能《たんのう》して一息吐くと、一樹は白米に刻んだ大根葉とじゃこに鰹節《かつおぶし》にごまを炒《いた》めたふりかけを混ぜ込んだ『大根葉飯』を出してきた。

「これも食べてみて」

「うん……うまい」

一口頬ばると、自然に言葉が出た。大根の葉まで活用するなんて貧乏くさく感じたが、お世辞抜きに美味《おい》しい。

貧しさを感じるものは嫌いな朋成だったが、これは違った。

大根の葉は意外なほどしゃきしゃきしていて歯触りがよく、噛《か》めば噛むほどじゃこと鰹節のうまみが出てごまの風味も地味にいい仕事をしている。いくらでも食べられる気がした。

「でしょ？　山田《やまだ》のおばあちゃんに作り方を教えて貰って、やみつきになっちゃって。葉付きの大根を貰ったら絶対に作るんだ。あ、おかわりする？」

あっという間に完食してしまった朋成の空になった茶碗《ちゃわん》を、返事も待たずに受け取るとご飯を盛ろうとする一樹を慌てて止めた。

「まだまだあるから、遠慮しないで」

「うまいが、そんなに食べられないよ」

「じゃあ残りをおにぎりにしてあげるから、持って帰って」

味を褒められたのが嬉しかったのか、一樹はラップを取ってきておにぎりを作る準備を始める。

「……それじゃあ、一つだけ……貰ってもいいか？」

一つでいいと言ったが、一樹は手際よく三つのおにぎりを結んだ。

「はい。忘れないで持って帰ってね」

朋成の隣に座って満面の笑みでおにぎりを差し出す一樹に、思わず愛妻弁当を差し出す新妻を連想してしまった朋成は、自分自身の妄想から逃れるように炊飯器を覗き込む振りで一樹から視線を外す。

「おまえの分がなくなったんじゃないか？」

「俺はいいよ。おでんいっぱい食べたし、何か久しぶりにビール飲んだらお腹いっぱいになっちゃった」

こんなに飲んだのは去年のクリスマス以来だと言う一樹に、どれほど飲んだのかと一樹のグラスを見てみたが、最初に注いだ一杯をそれすら半分ほど残している。

苦笑する朋成に気付いた一樹は、ばつが悪そうにグラスを手に取ると残りを一気に飲み干した。

「俺は明日また作るから、本当にちゃんと持って帰ってね」

「毎日自炊なのか？」

「うん。外食しようにもここにはお店なんてないし、宅配のピザもお寿司も配達範囲外で届

けて貰えないもん。まあ、自炊の方が安くつくからその方がいいし」

「本当に、その……質素な生活だな。ちゃんと職人に給料は払えてるのか？」

やけに所帯じみた一樹の言葉に、気になったことがついぽろりと口から出た。座敷の中もストーブにテレビに座卓、と見る限り生活に必要最低限の物しかない。

貰い物で食うには困っていないようだが、現金収入のほうはどうなのか。

来島邸の庭を見る限り、一樹は庭師としての腕は確かなようだが、職人を束ねる当主としてはどうなのか心配になった。

「大丈夫だよ！　みんなにはちゃんと、他所《よそ》の造園と変わらないだけのお給料を出してるから」

「……それはつまり、おまえは適正な給料を取っていないということか？」

同じ経営者として、従業員にきちんと給料を払ってやりたい気持ちは分かるが、自分の分を犠牲にしてまでというのはいかがなものか。

渋面をつくる朋成に、言いたいことは分かるよと一樹は苦笑いした。

「みんなには家族がいるけど、俺は独り身だから。築山造園を維持して、自分が食べていけるだけの金が稼げればそれで十分なんだ」

鈴木はまだ幼い子供が三人もいて、野崎も孫を大学に行かせたがっている。みんなそれぞれに養うべき家族がいると一樹は言うが、家族がいなくても生きていくには金がいる。

一樹の経営者としては甘い考えに、昔と変わらぬ子供っぽさを感じる。それを愛おしく思うけれど、金銭感覚まで子供のままはさすがに拙《まず》いだろう。つい苦言の一つも呈してしまう。

「今はよくても、将来のことも考えろ。いつまでも元気に働ける訳じゃないんだからな」

「大丈夫。何とかなる、なる！」

のんきに笑う一樹に、どう危機感を持たせるか思案してしまう、そんな自分が意外だった。

昔から、朋成は他人に関心など持たなかった。人の世話など焼いている暇もなかったし、焼く気もない。

それなのに、一樹だけは別だった。

出会った時、一樹は小学生になるのが楽しみで、だけどそれと同じくらい不安な気持ちを抱えた小さな子供だった。それが親鳥の後を必死でついていく雛《ひな》のように、全幅の信頼をよせて自分の後を追いかけ回してきたのが、面白くて可愛くて。

だから放っておけなかった。

今も、その気持ちは変わっていないと気付いた。

「先のことを考えないわけじゃないんだけど、想像が付かないんだもんなぁ。……朋兄ちゃんに会いたいってずっと思ってたけど、こんな風に再会するとは思わなかったし」

一樹は再会した日のことを思い出しているのか、嬉しかったなぁと笑顔で呟いた。

そうかと思うと、見る間にふくれっ面に変わる。

「勝手にどっか行っちゃって、すごく寂しかったんだからね。一度も帰って来てくれなかったし。……俺はずっと、ここに居たのに」

「悪かった。俺も一樹に会いたかったが、忙しかったんだよ」

ふくれっ面から今度はじんわりと涙目になる一樹に、絡み上戸の次は泣き上戸かと慌ててご機嫌を取る。

しかしたった一杯のビールでこれだけ酔えるのは、考えようによってはお得かもしれないなどと思ってしまう。

「おまえ、本当に酒に弱いんだな」

「朋兄ちゃんと、こんな風に一緒にお酒を飲めるなんて夢みたいだ」

まだ涙のにじむ目を細め、うっとりと笑う一樹に視線が釘付けになる。ころころ変わる表情から目が離せない。

「そんなに嬉しいか？」

「うん！」

笑顔で即答されると、どう返せばいいのか困ってしまう。自分も嬉しいと答えられるほど素直な性格ではない。

一樹は酔いが回ってきたのかごろんと横になり、朋成のあぐらをかいた太ももの上に頭を乗せて見上げてくる。

一樹の頬や目元が赤らんでいるのは、酒のせいだ。

分かっているのに、潤んだ瞳に見つめられると心が波立つ。アルコールの酔いとは違う、うねるような揺れを感じて動揺する。そんな心を押し殺し、わざと素っ気なく身体の向きを変えて一樹の頭を膝からどけると、一樹はひどいやと言いながらクスクス笑う。

床に転がったまま楽しそう笑っていたのが、ふいに静かになった。

「一樹？」

床に手をついて一樹の顔を覗き込むと、すやすやと寝息を立てて眠っている。

しばらく見つめていたが、起きる気配はない。

あんまり気持ちよさそうな寝顔に、起こすのが忍びなくなる。しかしこのまま畳の上に寝かしておくわけにもいかず、一時思案する。

ふすまを開けて隣の部屋をのぞくと、六畳ほどの部屋のまん中に万年床らしい布団があったので、抱き上げてそこまで運んでやった。

小柄だがきっちりと筋肉の付いた一樹の身体は、見た目より重い。しかし、その重みを心地よく感じる。

安心しきって眠る様は昔のまま。だが、身体はしっかり大人だ。

布団に寝かしつけ、ふと性処理の方はどうしているのかと好奇心で部屋を見渡してみる。

壁際のパソコンテーブルには、家族の写真と戦隊ヒーロー物のフィギュアが飾られていた。

子供の頃の一樹が、鞄《かばん》に筆箱に靴下までそのキャラクターグッズで揃《そろ》えていたほど好きだったのを思い出す。

枕元にあるのも造園に関する本ばかりで、アダルト関連の本もソフトも見当たらないことに何故だかほっとした気分になる。

「やっぱり、中身は子供のまんまか？」

二十歳にもなった男がそれでいいのかと呆《あき》れながらも、無防備な寝顔を可愛いと思ってしまう自分の方こそそれでいいのか、と自問自答してしまう。

昔の一樹は甘えん坊の泣き虫で、実際の歳《とし》より子供じみたところがあった。

おまけに朋成が去ってからも、年寄りばかりのこの村で暮らし、仕事も祖父と一緒にしていたという。みんなが一樹を『可愛い孫』として扱い、素直な一樹は無自覚のうちにそれに応えた言動を取り、大人になる切っ掛けを失ってしまったのだろう。

今も子供みたいに口を開けて眠っている一樹に、苦笑いしながら指先で顎《あご》を押し上げて口を閉じてやると、むにむにと何やら不満げに口を動かし、また静かに深い眠りに落ちていく。

無邪気なものだと見つめるうちに、自然に引き寄せられる。

一樹の吐息を頬に感じて我に返った朋成は、一樹の上に覆い被《かぶ》さっていた自分に気付き、慌てて身体を起こす。

今、何をしようとしたのか。

自分の心臓の鼓動を煩《うるさ》いほどに感じる。大して飲んでもいないのに、悪酔いしたのか頭がズキズキと痛む。思考が上手くまとまらないが、とにかくこれ以上ここに居てはいけないと感じた。

眠り込んだまま起きる気配のない一樹を残し、朋成は電話で呼んだタクシーで帰途につく。麓《ふもと》に建つ僅かばかりの家々の明かりはすでに消え、外灯もろくにない山道は黒々とした山が覆い被さってくる錯覚に襲われるほど暗い。

この村に帰ってくることなど、二度とないと思っていた。

こうしてタクシーに乗っていると、車窓から初めてこの村の景色を眺めた日のことを思い出す。

田んぼや畑の間にぽつりぽつりと家があるだけの寂しい景色に、みんなどこで買い物をしているのかと不思議だった。けれども店があったところで、お金のない自分は買い物に行けないから関係ない、とすぐに考えるのを止めた。

初めて会った祖母は、背中を丸めて窓辺から入る明かりを頼りに編み物をしていた。挨拶をしても、顔も上げずに「うん」と頷いただけで編み物を続ける。

何が「うん」なのかは分からなかったが、素っ気ない態度から子供ながらに歓迎されていないのは理解できた。

母親は隣の家へすら挨拶に行かなかったくせに、村一番の金持ちの家には同じ小学校に通うことになる子供がいるからと理由をつけ、朋成を連れて訪問した。

母親の、そんな抜け目のなさが大嫌いだった。

それでも従うしかない朋成は、ここでの暮らしを円滑なものにしたくて、嫌々ながらもそれとは悟られぬよう丁寧に挨拶をした。

大きな屋敷に住むお金持ちなんて、きっと嫌味な奴に違いないという朋成の予想に反し、出迎えてくれた男性はとても優しい人だった。

息子と仲良くしてやってくださいね、と腰をかがめてきちんと視線を合わせて頼んできて、朋成を庭にいるという自分の息子のところへ案内した。

初めて会った時、一樹は職人達相手にボール遊びをしていた。

父親から、これから一緒に学校に通うことになるお兄ちゃんだと朋成を紹介され、大きな目をさらに丸くした。

あんまり見開くから、目の玉が落っこちやしないかと不安になったほどだ。

どれだけ大人達に可愛がられても、四つ上でも同じ小学生の子供の方がいいのだろう。戸惑い気味におずおずとだが、一樹は自分から朋成の前へやって来た。

「お兄ちゃん……ホントにボクと一緒に学校行ってくれるの？　ボクと遊んでくれるの？」

ええそうよ、と横から洋子が勝手に答えたのを聞いて、頭突きする勢いで飛びついてきた一樹を反射的に抱き留める。

「やったー！　あのねぇ、お兄ちゃん、鉄棒できる？　ボクね、ボク、縄跳びできるけど、鉄棒の逆上がりできないんだ！　お兄ちゃんはできる？　教えてくれる？」

「ああ……できるよ。一緒に練習する？」

「一緒にする！　お兄ちゃんと一緒に練習する！」

胸にしがみついたまま期待に目をキラキラ輝かせて一気にまくし立てられ、思わず同意してしまうと、一樹は満面の笑みでさらに強く抱きついてきた。

子供だからか興奮しているせいか、熱の塊みたいに体温が高かったのを覚えている。腕の中にすっぽり収まる小ささで、どうしてあんなに熱いのか不思議だった。

昔を思い返すと、ついさっき抱き上げた一樹の重さと熱が腕に甦る。

——あれからずっと、この熱は自分の心の中でくすぶり続けていたのだと気付いた。

今日の会議の議題は、来月に大阪で行われる展示会についてだった。

会場の配置に変更があったとかで、休日だというのに朋成も呼び出された。だが大した問題ではなく、変更点をダラダラと聞かされるだけの退屈な時間で、居眠りせずにいられた自分を褒めたい気分になった。

「社長は、大阪は初めてでしたな。北新地は楽しみでしょう」

ようやく会議が終わって廊下に出て安堵の息をついたが、常務の外田《そとだ》に後ろから声を掛けられて再び背筋を伸ばす。

朋成は先代社長の勝が亡くなった時、副社長だった勝の妻の佐緒里の横暴を阻止しようとした役員達から請われて社長になった。そうでなければ、社会に出たばかりの朋成が、いきなり社長になることなどできなかっただろう。

向こうは朋成をいいように利用する気だが、朋成も黙ってこのまま傀儡《かいらい》社長に甘んじているつもりはない。

しかし、まだ若く経験も人脈もない朋成にとって、役員連中は無視できない存在。今はまだ相手のご機嫌を取らなければいけない立場だ。笑顔で如才ない言葉を返す。

「楽しみですね。そちらの方もいろいろとご教授下さい」

「向こうのいい店も知ってますが、こっちの店もいいもんですよ。この後、どうです？」

まだ昼前だというのに、くいっとグラスを呷《あお》る手振りで飲みに行こうと誘ってくる。

どこかの料亭でホステスを呼んで昼食をとり、そのままクラブへ向かうコースかとうんざりする。そんな怠惰な生活をして、外田のように脂ぎった中年体型になるのはまっぴらだ、と言いたいのをぐっと堪える。

遊び人の外田が贔屓《ひいき》にしている店は、容姿だけでなく話術にも長《た》ける洗練されたホステスを揃えていて、朋成も気に入ってはいた。

　だが、気持ちはすでに一樹の家へと向かっている。今日もこれから一樹と過ごせると思えば、あくびの出そうな会議も何とか乗り切れたのだ。

　気のない表情の朋成に、外田はわざとらしく肩をすくめる。

「最近お見限りだそうで。どこか他所の店でいい子を見つけたんじゃないかって、ママから愚痴られてね」

「いえ……最近少し、祖父の具合が芳しくないもので」

「ああ、そりゃ心配だね」

　祖父が体調を崩したのは本当だが、先月に患った風邪を引きずって咳《せき》が少し残っている程度。しかし、よい言い訳なので使わせて貰う。

　病状は曖昧《あいまい》に濁したが深刻そうな顔をしておいたので、勝手に悪いように解釈してくれたようだ。それ以上引き留められることもなく解放されてほっとする。

　言い訳に使わせて貰った祖父には、何か好きな物を買ってあげて埋め合わせようと心の中で詫《わ》びておく。

　幼なじみとの家飲みの方が、高級クラブで美女を侍《はべ》らせるより楽しいから行きたくない、という本音は誰にも言えない。

　朋成も男だ。美しい女性と飲むのが嫌いなわけではない。けれど気の合う相手とくつろいで飲めば、発泡酒でもシャンパンより美味《うま》く感じると知ってしまうと、わざわざ高い金を払って飲みに行くなんて馬鹿馬鹿しくなる。

何より、ただでさえ少ない自由になる時間は、一樹と過ごしたかった。

美女を揃えた店に一樹を連れて行ってやれば喜ぶだろうとも思ったが、おかしな女に目をつけられては困ると考え直した。

一樹は金がなくとも、それを補ってあまりあるほどに可愛い。

可愛いといっても女性的なそれではなく、少年のような危うげなほどの真っすぐさで、保護欲をかき立てるのだ。年上の女がツバメにしたがる可能性は十分にある。

一樹自身も早くに母親を亡くしたせいか、年上の女性に対して憧れを持っているように感じる。

あっという間に丸め込まれて、奪われそうだ。

「……奪われるというのも、おかしなものだが……」

思わず浮かんだ自分の考えに苦笑するが、他に上手い表現が見つからない。

一樹を自分の側に置いておきたい。でも家庭を持ってしまえば、男同士の気楽な付き合いも難しくなるだろう。家族思いの一樹なら、きっと家庭を優先する。

いつかはそうなってしまうのかと考えると、それだけで胸にもやが掛かったような不快感に襲われた。

ずっと今のように付き合いたいけれど、このままでいいのかという想いも湧き上がる。それで一樹との関係をどうしたいのか、どうなりたいのか。

本当はわかっている答えに、気付かないふりをした。


この日は一樹も昼過ぎまで仕事があったので、朋成はタクシーで一樹の家まで来た。社用車に運転手はつけているが、プライベートでは自分で運転がしたい。しかし酒を飲むと運転はできなくなるのでこうすることにした。

一樹の家の鍵は、いつでも開きっぱなし。一樹を待つ間に、もはや勝手知ったる家に上がって用意を始める。

季候もよくなってきたので、今日は庭先に七輪を出して焼肉をすることにしていた。

高級ステーキ店に連れて行ってやるという約束も果たそうとしたのだが、店へ行く前に服装を整えてやろうとした段階で拒否された。そんないい服を着て汚したら大変だ、気を使いながらじゃ食べた気がしない、と言われてしまったのだ。

一樹の正装姿が見られないのは残念だったが、朋成の方も、このどうひいき目に見てもボロ屋としか言いようのない小屋に、居心地の良さを感じていた。

だから朋成が肉を用意し、ここですき焼きや鉄板焼きをするのが定番になった。

今回は近江《おうみ》牛の各部位を五人前取りそろえ、豚トロや鶏モモ肉も買ってきた。これなら一樹の胃袋を十分に満たせるだろう。

駐車場に面した庭で七輪に火を熾《おこ》し、空のビールケースを椅子代わりに並べる。

できる用意はすませて濡《ぬ》れ縁に腰掛けて待っていると、一樹のトラックが戻って来た。

朋成がすでに準備を始めているのに気付くと、トラックを降りた一樹はご主人様を見つけた子犬みたいに一目散に走ってくる。

「もう来てたんだ。ちょっと待ってて。汗かいちゃったから流してくる」

まだ四月の半ばだが、今日は初夏を思わせる陽気。身体を動かす仕事の一樹は、相当汗をかいたらしい。手早く脚絆を外して地下足袋を脱いで縁側から部屋に上がると、朋成の目の前でシャツを脱ぐ。

普段は服で隠れている箇所まで褐色な肌に、逞《たくま》しさより野山を駆けまわって遊んだ頃と変わらぬ子供っぽさを感じるのに、不自然に胸が騒ぐ。

狼狽《ろうばい》した朋成は視線を逸らそうとしたが、できなかった。

露《あら》わになった滑らかな肩と、背中から腰に掛けてのラインのしなやかさに目を奪われる。

ジムで作った見せかけの美しさとは違う、日々の労働で培われた実用的な肉体。まるで映像でしか見たことがない野生の獣を目の前に見たかの如《ごと》く、見知ったものとまるで違う美しさに息を呑《の》む。

見とれる朋成の視線に気付かず、一樹は縁側から家に上がり風呂場へ向かう。

その背中が扉の向こうに消えてから、朋成は体中に入った力を抜くように大きく息をついた。

待たされることにイラつくわけではないのだけれど心が落ち着かず、一樹が風呂から出てくるまでの時間が妙に長く感じた。

まだ濡れたままの髪で風呂場から出てきた一樹に、待ちわびていたと気付かれたくなくて髪くらい乾かせと言ってみたが、お腹空いたの一言でかわされる。

「炭もいい感じに熾ってるし、早く焼こ！　早く！」

「好きに焼いてくれ」

勢いよく飛びついてきて、朋成の背中におぶさり肩越しに七輪を覗き込む一樹に、肉の包みとトングを渡してやる。

はしゃいでトングをカチカチいわせながら一樹が離れても、風呂上がりのしっとりとした気配と体温が背中に残る。相手はほんの数センチ離れただけで目の前にいるのに、奇妙な寂しさを覚えた。

そんな複雑な気分をもてあます朋成の様子にまるで気付かず、一樹は包みを開いてさしの入った特上カルビに大興奮する。

「ロースやタンに、豚トロなんかも買ってあるからな」

他の包みを開いて縁側に並べると、一樹は靴を履いて庭へ下り、どれから焼こうかと楽しげに悩みつつ七輪の網の上に肉を並べた。

「うーっ、いい音！　いい匂いー！」

時折、炭が爆《は》ぜて小さな火の粉が舞い上がるのにひやりとする。肉に鼻をくっつける勢いで匂いまで味わおうとする一樹が、火傷《やけど》をしないか本気で心配になる。

「そんなに近づくと眉毛が焦げるぞ」

「髪の毛が乾いていいじゃない。あ、このお肉、もういいよね」

あんなに腹が空いたと騒いでいたくせに、最初に焼けた肉を朋成の皿にのせる、変なところで気を使う一樹に笑みが漏れる。

「一樹が先に食えよ」

「だって、朋兄ちゃんが持って来てくれたのに。朋兄ちゃんが先」

「おまえだって野菜を用意してくれただろ」

一樹も、朝取れたばかりらしい瑞々しいサニーレタスや肉厚の椎茸《しいたけ》を用意していた。

そう指摘しても一樹は譲らない。

「ごちゃごちゃ言ってないでさっさと食べて！　次のがもう焼けたから。早く早く！」

こんなに急《せ》かされてはありがたみも失《う》せるが、それでも一樹なりの感謝の気持ちなのだろうと最初の肉を口に運ぶ。

「うん。うまいな」

「おいしーい！」

朋成が肉を口に入れたのを見届けた瞬間に、一樹も肉を箸ごと食らいつく勢いで頬ばる。柔らかい、口の中で溶けたとはしゃぐ一樹に、これだけ喜ばれるなら牛一頭分でも買ってやりたくなった。

「あ、朋兄ちゃん、ビールでいい？　酎《ちゅう》ハイもあるけど」

一樹は身軽に家の中へ入ると、冷蔵庫から缶ビールと缶酎ハイを取って戻って来る。朋成に缶ビールを手渡しながら、近くて便利でしょ？　と笑う。

確かに、昔一樹が住んでいたお屋敷で縁側から台所まで行こうとしたら、結構な距離があった。便利といえばそうなので、苦笑いを返しておいた。

「おまえはコーラか」

自分用には炭酸飲料を持って来た一樹をからかうと、一樹は少し不機嫌な顔になる。

「だって、俺、ビール飲んだら寝ちゃうって知ってるでしょ！」

「ああ。えらい目に遭ったな。布団まで運ぶのは重かったし、おまえは一緒に寝ようとか言って離してくれなかったから、引きはがすのに苦労したよ」

誇張して大げさに愚痴ると、真に受けた一樹は驚きに目を見開く。

「えーっ、本当？　だったら朋兄ちゃんも泊まってけばよかったのに」

「……おまえ」

「あ、今日は泊まっていく？　おじいちゃんのだけど、お布団もう一組あるよ」

いいことを思いついた、とばかりに一樹は瞳を輝かせる。

そんな一樹に、あの日の無邪気な寝顔を思い出す。さらに一樹と枕を並べて眠る自分を夢想してしまいそうになり、朋成は軽く首を振って正気に返る。

「今日は……残念だが、明日の朝が早いから、無理だな」

「そうなんだ……」

思いがけない方向に向かう話に戸惑いつつ言い訳すると、一樹は心底残念そうに肩を落とした。

本当にそうなったら、どうなっても知らないぞと喉《のど》まで出かかった言葉を、ビールで腹に流し込む。

そのビールは、やけに苦く感じた。

「ほら、そっちの肉ももう焼けてるんじゃないか？」

「ホントだ。焦げちゃう！」

肉の方に意識を向けさせると、一樹はあっという間に表情を変えて楽しげに肉の世話に掛かる。

あんまり楽しそうなので鍋奉行ならぬ焼肉奉行を任せてみると、一樹は次々と肉を焼いていくので、朋成も追い立てられるように食べざるを得なくなる。

「……色気より食い気、か。一樹は彼女いないんだな」

「断定しちゃう？」

「いたら、休みの度に男と二人飯なんてしてないだろ」

「だよねー。ってことは、朋兄ちゃんも彼女いないんだね！」

仲間仲間とはしゃぐ一樹に、全くの童貞だろう一樹と一緒にされるのは少々心外だったが、今恋人がいないのは確かなので黙っておいた。

それに一樹に恋人ができなかったのは、彼の置かれていた環境から考えれば仕方がないと思えた。

一樹は中学生の頃から祖父を手伝って働き、高校は出席日数も成績もぎりぎりだったのを、家庭の事情を鑑《かんが》みた教師の温情による補習で卒業させて貰ったと聞いた。彼女を作るどころか、友人と遊ぶ暇さえなかっただろう。

朋成も学生時代は寸暇を惜しんで勉強したが、社会に出る上で必要な人付き合いや人脈作りのため、飲み会などにも適度に参加していた。

そんな中で知り合った女性達の何人かと付き合った。

みな向こうから告白してきたとはいえ、嫌いではなかったから付き合ったはずだった。一緒に食事をしたり芝居を見たりして、意気投合すればホテルに行く。積極的に恋人を探す気はなかったが、朋成にも人並みに性欲はあったし、彼女たちとのセックスも楽しんでいた。

ただ、いつも何かが足りないと感じた。

付き合った女性達は、美しい人も優しい人も楽しい人もいたのに、誰も皆すぐに一緒にいて退屈になる。

そんな気持ちは隠そうとしても態度に表れたのか、気に入らないところがあるなら言って欲しいと迫られた。だが、欠けていると感じる一番大切な何かが朋成自身にも分からなかったのだから言いようがなくて、別れるしかなかった。

「朋兄ちゃんって、会社の女の子達と合コンとかしないの？」

「社長が社員と合コンなんて、セクハラやパワハラだと言われたらどうするんだ」

「ああ、そっかぁ」

年頃の青年が女性に興味を持つのは当然のことなのに、一樹にそんな話題を持ち出されると何故か腹が立ち、ついぞんざいな口調になってしまった。

常識知らずなことを言ったと恥ずかしくなったのか、一樹はしょんぼり俯《うつむ》いて身を縮める。

そんな風にされると小柄な身体がさらに小さく弱々しく見え、ひどく悪いことをした気になり、反省して自分から明るい調子で話を振る。

「おまえの方こそ、同業者の中で出会いはないのか？　おまえならモテるだろ？」

「ないない。この業界って男ばっかりだもん。潤いがないよ。事務員で女の人がいるところもあるから、そういうとこはいいなーって思うんだけど」

朋成が怒っていないと分かると、すぐに笑顔に戻る。一樹のそんな昔と変わらぬ単純さが嬉しくもあり、不安でもあった。

おかしな女にあっさり騙《だま》されそうだという心配が、また頭をもたげる。

「一樹はどんなタイプの女性が好みなんだ？」

「明るくて、料理が上手で——うーん……とりあえず、俺のこと一番に愛してくれる人！」

抽象的な言い方に、今想いを寄せている女性もいないのだろうと推測できて、ホッとする。だがこれからどうなるかは分からない。

「外見は？　有名人でいえば誰だ？」

「外見はそんなにこだわらないけど、やっぱり健康的な人かな……あ！　やばい、お肉焦げた！　朋兄ちゃんも早く食べて！」

好みのタイプを聞きだして、そういう女性を紹介しようではなく、遠ざけようと思ってしまう。そんな本心を押し隠してさらに詳しく訊ねようとしたが、再び食い気に走る一樹の勢いに押されてなし崩しになる。

でも色気のない一樹の反応が嬉しかったので、蒸し返すことはしなかった。

朋成はそれほど焼肉が好きなわけではなかったが、タレで食べたりサニーレタスにくるんだり、と食べ方を変えるといくらでも食べられる気がする。何より美味しそうに食べる一樹を見ていると、食欲が刺激される。二人して競うように肉を平らげていく。

「もうちょっとサニーレタスが欲しいよね。取ってくる」

サニーレタスがなくなったのを見て、一樹はザルを持って靴を履いたまま立ち上がる。

「取ってくるって？」

「お隣の畑で分けて貰うの。このハラミ、柔らかくっておいしいよね。これなら隣のおじいちゃんでも食べられるだろうから、これと交換して貰ってくるね。あ！　隣に持ってくなら豚トロの方がいいかな？　だって有名じゃない、ほら『となりのトントロ』って――」

どういう意味か真剣に考え込んだ朋成の様子に、ギャグを外したと察した一樹は肉を入れたザルを抱えて遁走《とんそう》を図った。

「待て、一樹！　面白かった！　おいっ」

ようやく名作アニメのタイトルに引っかけた冗談だったと気付いてフォローする朋成の言葉も聞かず、一樹は後ろも見ないで駆けていく。その後ろ姿はあっという間に遠ざかった。

隣といっても見えている人家は広い畑の向こう。そこまで走るのかと感心する。

「……あいつ！　肉を放ったらかしで行くなよ」

取り残された朋成は、網の上でジュウジュウと香ばしい音を立てる食べ頃に焼けた肉を、慌てて皿に取った。

焼けた分を食べてから行けばいいのに、と忙《せわ》しない一樹に苦笑いが漏れる。

騒々しい一樹がいなくなると、周りはしんと静まりかえったように感じた。しかし意識してみると、梢《こずえ》を抜ける風が新緑の活き活きとした葉を鳴らし、名も知らぬ鳥の囀《さえず》りがひっきりなしに空に響いている。

自然の音に耳を傾け、水色の空にゆったり流れゆく雲を眺めながら、喉を鳴らして缶ビールを飲む。

「……うまいな」

こんなにのんびりとした気分になったのは何年ぶりだろう。深く息をつき、一樹の走り去った方向を見つめる。

こうして一樹を待っていると、昔かくれんぼで隠れていた時のことを思い出す。

泣きながら必死で自分を探す姿が見たくて、本気で隠れた。一樹が探し疲れた頃に隠れ場所から出て行くと、泣きじゃくりながら抱きついてくる。

そんなことが嬉しくてたまらなかった自分の方が、一樹よりよほど子供だった。

初めは、付きまとわれるので仕方なく相手をしてやっていたはずなのに、一樹が父親の仕事についていく日には寂しさを覚えるようになった。

一樹が朋成を必要とするよりずっと、自分は一樹を必要としていた。

父親に祖父に職人達、みんなに愛されて何不自由なく育つ可愛い王子様が、自分を必要としてくれることだけが、あの頃の朋成の喜びだった。

この村を離れてからは、のし上がることに必死で、一樹のことを思い出すことはほとんどなくなった。

だがもう会うことはないと思いながらも、忘れられなかった。

道ばたでだだを捏《こ》ねる子供を見た時などに、立派なお屋敷で大人達に囲まれてわがまま放題で大切に育てられていた一樹が、どんな高慢な青年になっているだろうと心配したりした。

まさか身ぐるみ剝《は》がれて、納屋同然の小屋に暮らしているとは想像もしなかった。

しかし裸になっても、彼は王子様のままだった。周りの人達に愛され、自身も周りを愛して思いやる、高貴で幸せな王子様。

それに引き替え、自分はどうだろう。

何も持たない貧乏暮らしで、いつか必ず自分を見下した人達を見返してやる、と名ばかりの父親に頭を下げ、学費を出して貰い進学校から名門大学へと進んだ。

社会に出てからは、自分の力で父親と肩を並べると誓い、父親とは無関係の企業へ就職した。

なのに、父親が亡くなり棚ぼたで社長の椅子が転がり込んできた。

いきなり王様に祭り上げられたが、周りには利用されるか引きずり下ろされそうになるかのどちらかで、信じられる人もいない寂しい王様。

金にも女にも不自由しない生活は羨望《せんぼう》の眼差しを集めたけれど、自分が欲しかったのはこんな物だったのだろうか、と虚《むな》しさばかりが心に沈殿していく。

夢は手に入れた途端に色あせ、過去は鮮明に輝いて見えた。

だが、貧乏で惨めだった自分には戻りたくない。周りに知られることすら嫌だ。

過去を隠すことも虚栄を張ることもなく、素のままの自分でいられるのは一樹の前でだけ。

一樹がいればそれでいい。

この自然の他には何もない村で、共に過ごしたあの頃のように――

畑の向こうに目を向けても一樹の姿はまだ見えないが、きっと息を切らし走って戻ってくるだろう。

それを待つ時間すら、愛おしく感じた。


ここしばらく、朋成は休める日はずっと自宅マンションではなく、この別宅で過ごしていた。

おかげで自宅に押しかけて無理難題をふっかけてくる、煩わしい相手からも逃げられると思っていたのに、どこからか居場所を嗅《か》ぎ付けられてしまった。

「もー、ほんっと助かっちゃう！　ありがとね、朋成」

一応感謝の言葉は口にするが、自分のお願いを聞いて当然という態度であでやかに微笑む女王様に、いい加減にしてくれと言いたいのをぐっと飲み込む。黙って彼女の要求をきくのは、逆らうより労力が少なくすむと学習したからだ。

屋敷の中には通さず、玄関先で対応するのがせめてもの抵抗だった。

レースを重ねた黒のミニスカートにタトゥータイツを穿《は》いた派手な姿と、それに負けないどぎついメイクに、これで自分と同じ歳かと呆れてため息が出る。

「なぁによ、疲れた顔しちゃって。あんたも来れば？　テンション上がるよ？」

相手は朋成の態度をどう取ったのか、景気づけとばかりに朋成に抱きついて頬にキスしてきた。

マリリン・モンロー張りの真っ赤な口紅でキスマークをつけられ、さらに深いため息が出る。自分に抱きついたままの彼女を押し戻しつつ顔を上げると、外に立っている一樹と目が合って硬直する。

今日は、朋成は一日休暇だったが一樹の方は仕事があり、昼過ぎからここへ来ることになっていたのだ。

「一樹！　こっ、この女は、その——」

「こんにちは。お久しぶりです、桜子さん」

おかしな場面を見られて焦りまくる朋成を他所に、一樹は引っぺがされて不満顔の桜子に向かってごく普通に挨拶をした。

一樹は子供の頃からこの家に出入りしていたのだ。来島勝の娘、桜子のことを知っていて当然だ。

安堵感に肩の力が抜ける朋成に気付く様子もなく、二人はごく普通に会話を交わす。

「ああ、植木屋さんだっけ。お久しぶりー」

「いつ日本にお戻りになったんですか？」

「ん？　日本にって、何の話？」

きょとんとした顔で首をひねる桜子に、朋成は深いため息をつく。

「忘れたのか？　売れないミュージシャンと駆け落ちして一緒にバンドをやってるなんて世間体が悪い、と海外留学したことにされただろ」

桜子は父親の勝が亡くなってすぐ、見合いを押しつけてくる母親の佐緒里をうるさがって家を飛び出し、付き合っていた彼氏と入籍して一緒にバンド活動を始めた。

芸能界なんて低俗なものと決めつけていた佐緒里は、見合い相手と周りに娘は海外に留学したと取り繕った。

朋成も散々振り回された問題を、当の本人はすかっと忘れ去っているのに脱力する。

「売れてない、は余計よ」

「だったら、人にチケットの押し売りなんてしないでください」

痛いところを突かれて殺気のこもった視線を向ける桜子を軽くいなし、朋成は分厚いチケットの束をぴらぴら揺らす。

この桜子とその夫のバンドのライブチケットは朋成の会社内で配られ、手に入れてしまった社員は『ご招待』という名の強制参加を余儀なくされる。数ヶ月に一度ある苦行だと説明する朋成を、桜子は睨《にら》みつける。

「堅っ苦しい社長に仕えてる社員には、いい憂さ晴らしになるでしょ」

感謝しなさいと胸を張る桜子には、何を言っても無駄だ。呆れて相手にしない朋成を気にすることもなく、桜子は用が済んだらさっさと帰るとばかりに帰りの足を要求する。

「駅まで送ってよ」

「あの、トラックでよかったら俺が送りますよ」

朋成も桜子には早く帰って欲しかったが、それでは一樹と一緒に過ごせる時間が減ってしまう。

使用人に送らせると言ったが、一樹は竹塀を修復する荒縄が欲しくてホームセンターへ行こうと思っていたところだからと笑顔で告げ、桜子もトラックに乗りたい！　乗せろ！　と面白がってトラックに乗り込んだ。

塩をまいたくらいで嫌な相手が来なくなるなら、家の前の道を岩塩で舗装してやるのにと思いながら、朋成は桜子の乗るトラックを見送った。

初めての客からの依頼を受けて出かけた一樹は、依頼主の手入れの行き届いた庭に困惑していた。

依頼主の『仁志田誠次《にしだせいじ》』の屋敷は洋風建築で、まさに白亜の豪邸と呼ぶに相応しい邸宅。その庭のほとんどは芝生で、何本か植わっている島土 ‍ 𥶡利古《しまとねりこ》や山法師《やまぼうし》もきちんと刈り込まれている。

今の庭師と意見が合わず業者を変えるということはあるが、こんなにきれいな内に次の剪定を頼むとは珍しい。

何よりこの仕事は、依頼の仕方からして奇妙だった。

築山造園のトラックを見かけ、そこに記されていた番号に電話を掛けてきた。それ自体はさほどおかしなことではないが、その時にトラックに乗っていた人に来て欲しいと頼まれたのだ。

一樹のような若い人のセンスで剪定して欲しいという意味かと思ったが、どうも腑《ふ》に落ちない。

それでも新規の仕事はありがたいので、こうして出向いた。

お手伝いさんに通された、やけにくねくねキラキラした装飾の家具で統一されたリビングで一樹を待っていた仁志田は、二十代後半くらいだろうか。いかにもお金持ちな雰囲気と、きついコロンの香りを漂わせていた。

仁志田は直線的に整えられた眉毛をくいと上げて、一樹を値踏みするようにじろじろ見てくる。

不愉快な視線だが、これまでも若い一樹の腕前を疑う施主と何度もやり合ってきた。この程度のことでは怯《ひる》まない。

勧められた椅子に腰を下ろすと、一樹は事務的に話を進める。

「庭の剪定をとのご依頼でしたが、ご希望などございましたらお聞かせください」

丁寧な口調を朋成には笑われたが、一樹だって仕事の場ではきちんとできる。しかし、相手は一樹の話を無視して別のことを切り出してきた。

「来島桜子さんが、君のところのトラックに乗ってるのを見たって聞いてさ。一緒にいた人って、君だよね？」

「……そうですが」

予想外の質問に驚いたが、隠すことでもないので取りあえず素直に答え、相手の出方を見る。

「築山造園って、来島氏の別荘の庭を任されてるんだよね。桜子さんは今、あそこに住んでるの？」

「え？　あの……そういったお客様の家庭事情をお話しするわけにはいかないので、ご本人にお確かめください」

　この仁志田は、桜子の知り合いらしい。桜子の近況が知りたくて、わざわざ仕事に託《かこつ》けて呼びつけたのか。でも、知り合いならどうして直接彼女に訊ねないのだろう。

　訝《いぶか》しげな一樹の視線に応えるように、仁志田は事情を語り始めた。

「僕は桜子さんと同じ大学で、当時は親しくお付き合いしていたんだけど、彼女が芸能人になるというのを反対したから嫌われてしまって……連絡が取れなくなってるんだよ」

　それは気の毒と思うが、桜子とはこの前トラックで送った時に初めてまともに会話した程度で、仲裁などできる立場ではない。

　お役に立てないと詫びる一樹に、仁志田は寂しげに肩を落とす。

「お父様の会社も家も、何もかも捨てて出て行った彼女が、どこでどうしているのか心配で……彼女は優しい人だから愛人の子を哀れんで、彼に家を継がせるために自分を犠牲にしたんだ」

「愛人の子……って……？」

　それは誰のことなのか。突然何の話かと混乱する一樹を、仁志田は鼻で笑った。

「君、あの別荘に出入りしてるのに知らなかったの？　桜子さんは正妻の子で、朋成君は来島氏が愛人に産ませた子だ。朋成君と桜子さんは数ヶ月しか年が違わないんだよ」

ひどい話だと憤る仁志田に、洋子は彼が既婚者だと知らなかったのかもしれないと反論してみたが、来島氏は既婚を公言して遊んでいて結婚指輪もしていたとあっさり論破される。

「奥さんが妊娠中の男性をたらし込むなんて、彼の母親はとんでもない人だが、朋成君に罪はない。子供は親を選べないからねぇ」

朋成を哀れんでいる振りで、見下していると分かる仁志田の口調が腹立たしい。

でもそれより、朋成を取り巻く事情を、何も知らなかったことがショックだった。

来島勝は、洋子と離婚した後に今の奥さんと結婚したとばかり思っていた。桜子と朋成が腹違いだとも知らなかった。

何も知らずに勝手な勘違いをしていたことに愕然《がくぜん》とする一樹を無視して、仁志田は自分の話に陶酔した様子で語り続ける。

「お父様に隠し子がいたなんて、桜子さんはどんなにショックだったか。だから彼女は自暴自棄になって……。いや、優しい桜子さんは、不遇の弟に何かしてあげたいと思ったんだろうな。だからって、自分が継ぐはずの会社まであげてしまうなんてやりすぎだ」

確かに、正妻の子で数ヶ月とはいえ年上の桜子がいれば、朋成は父親の会社を継げなかったのかもしれない。その辺りの事情は一樹には分からない。

けれど、子供の頃の朋成が不幸じゃなかったことだけは知っている。

「不遇って……朋兄……朋成さんは不幸なんかじゃなかったです！　おばさんは……過ちを

犯したのかもしれないけど、でも、朋成さんにとっては、破れた靴下を繕ったり美味しいお菓子を作ったりしてくれる、優しいお母さんだったんだから！」

一樹が朋成の家に遊びに行くと、洋子は手作りのスイートポテトやカップケーキを食べさせてくれた。ケーキ屋はおろか、コンビニエンスストアすらない辺鄙《へんぴ》な村の男所帯で暮らす一樹にとって、それは夢のように素敵なお菓子だった。

洋子がどれだけ素晴らしい母親だったか熱弁を振るう一樹の勢いに押されたのか、仁志田は落ち着いて欲しいとなだめにかかる。

「君、変なことだけ詳しいね。ま、正直に言うと、朋成君のことはどうでもいいんだ。僕はただ、桜子さんと仲直りしたいだけだ。芸能活動のことも、今はもう反対する気はないし彼女を応援したい。彼女の芸名だけでも教えてくれないか？」

桜子が隠していることを勝手に教えてよいものか、判断に困る。しかし、素性を隠しているのは、あくまでも体面を気にする母親のためだと説明された。

だとすれば、すでに桜子が芸能活動をしていると知っている仁志田には、教えてもいいように思えた。

それに何より、喧嘩別れしたまま会えなくなったことを後悔しているという仁志田の姿は、昔の自分を見ているようで身につまされる。

かつては一樹も、自分に何も言わずに行ってしまった朋成に怒っていた。それでもやっぱり会いたくて、再会できた時にまず感じたのは喜びだった。今また一緒にいられることも嬉しくて仕方がない。

何とかこの人と桜子も、仲直りできたらと願ってしまう。

「あの……それじゃあ、これを」

桜子が、送って貰ったお礼にとくれたライブのチケットのことを思い出す。ライブの日には仕事の予定が入っていたので遠慮したのだが、それなら友達にでもあげてと言われて受け取った。

それで財布にしまったままになっていたチケットを、仁志田に譲ることにした。

喜んだ仁志田からは謝礼の申し出があったが、チケットはただで貰ったものだからと固辞して仁志田の家を後にした。

勝手なことをしては迷惑かとも思ったが、朋成から桜子に話しておいてもらえば大丈夫だろう。――そう判断して電話を掛けてみたが、朋成の携帯電話は仕事中のためか留守電になっていた。

伝言を残そうにも端的に話すのは難しい事態に、夜になってから掛け直してみたがまだ留守電のまま。

着信に気付いた朋成から折り返し電話があるかと待ってみたが、次の日になっても電話はなかった。

「朋兄ちゃん、忙しいのかな……。まあ、社長さんなんだから忙しいよね」

一樹にも朋成の立場は分かるが、電話を無視されると気分が落ち込む。自分だけが朋成と話したいと思っているみたいで、寂しい。

こうなると相手の方からかけ直してきて欲しくて、意地になってしまう。ライブまではまだ日にちがあるしそんなに急ぐこともないだろう、と朋成から電話してきてくれるのを待つことにした。


朋成は携帯電話の着信に気付いていないのか忙しいのか、連絡のないまま二日目を迎えた。朋成がどうしているのか気にしつつ、一樹は鈴木と一緒に仕事へ出かけた。

今日の仕事は、大きくなりすぎた木を剪定して欲しいという依頼。最近は、落ち葉で隣家に迷惑を掛けるから、という理由で見栄えを無視してとにかく短く切り詰める、強剪定を頼まれることが多い。

気乗りのしない仕事だが、これも世情だと割り切ってこなすしかなかった。

いつもより疲れた気分で仕事を終えた一樹は、トラックの中に置いていた携帯電話の着信ランプに気付いた。履歴にずらりと残る来島邸の番号に、朋成からだとばかり思って弾む心で折り返した一樹だったが、電話に出たのは志津子だった。

『ああ、一樹君！　よかった。やっと繋がった』

「志津さん？　どうしたの？」

普段の落ち着き払った志津子からは想像もつかない取り乱した口調に戸惑いながら、とにかく用件を訊ねてみる。

『あの、落ち着いて聞いてね。旦那様が、お庭を……お庭を潰すって！』

「ええ？　な、何で？　何があったの？」

志津子にも何が何だか分からぬほど突然に、どこかの造園業の人がやって来て庭の木を抜いているという。

落ち着くことなど無理な事態に、一樹は慌てて朋成の携帯電話に掛けてみたが、出てくれない。

鈴木にその場の後片付けを任せ、急いで来島邸へ向かった。

来島邸の玄関の門を見た瞬間、心臓が凍り付いたようになって、とっさにトラックのブレーキを踏んだ。

後続車がいれば事故になりかねなかっただろう無謀な運転。だが目の前の光景は、そんなことを考える余裕すらなくさせるほど衝撃的なものだった。

「門の、黒松が……」

あるはずの物がない光景は、逢魔《おうま》が時の目の錯覚だと思いたかった。放心した一樹はそのまま道の端にトラックを駐め、ふらふらと吸い寄せられるように玄関に近づく。

来島邸の前庭には、『門冠り《もんかぶ》』といわれる仕立てを施した黒松があった。

門冠りとは、門の脇に植えた木の枝を一本だけ長く伸ばして門の上に被せる、手間と年月が掛かる仕事だ。特に松の枝は折れてしまうと同じ場所からは二度と枝を出さないので、やり直しが利かない。

父親が亡くなってからは、一樹が世話をしてきた。親子二代で心血を注ぐ特別な黒松だったのに、それが姿を消している。

門扉から勝手に入って主庭の方に回ってみると、そこも高野槙《こうやまき》や台杉《だいすぎ》など価値の高い木を中心に抜きさられていた。

冬には霜にやられぬよう松葉を敷いて守った苔《こけ》は踏み荒らされ、掘り返された土は盛り上がり、庭はかつての面影は望むべくもないほど荒れ果てている。もうすぐ日も暮れるので造園業者は帰った後だったらしいが、まだ他の木も抜くつもりなのか掘り掛けの穴もあった。

「一樹君！　こんなことになって、まあ……かわいそうに」

一樹が来るのを、門の鍵を開けて待っていてくれたのだろう志津子が駆けより、庭の惨状を目にして立ち尽くす、一樹の色を失った頬を撫でてくれる。

「志津さん……どうして……朋兄ちゃんは、どうしてこんな」

「――来たのか」

主庭に面した座敷から縁側へ現れた着流し姿の朋成は、一樹に向かって声を掛け、志津子には下がれという視線を向ける。

心配げに振り返りながら勝手口へと戻っていく志津子に、一樹は大丈夫だからと精一杯の笑顔を向けた。

「朋兄ちゃん！　これはどういうことなの？」

一樹は初めて見る朋成の冷たい言葉と態度に戸惑いつつ、縁側から自分を見下ろす朋成に走りより、とにかく説明を求めた。

「どうもこうも、自分の庭をどうしようと俺の勝手だろう」

「この庭は残してくれるって、約束したじゃないか！」

「約束？　そんなものを守る義理がどこにある。幼なじみのよしみで無理を聞いてやったのに、恩を仇《あだ》で返されて約束もくそもあるか」

怒気を露わにする朋成に面食らい、何を怒っているのか、自分が何か悪いことをしたかと一樹は懸命に考えを巡らせる。

「もしかして、桜子さんのこと？　だったら――」

「ああ、桜子の話のついでに、仁志田と一緒に人を小馬鹿にしてくれたわけか」

最近あった変わったことといえば、仁志田という人に桜子のチケットを上げたことくらい。

そのことについてだとしたら事情を説明しようとしたが、遮られた。

こんなに怒っている朋成は、見たことがない。

もしかしたら過去に桜子と問題を起こした仁志田が、桜子にまた喧嘩を仕掛けようと接触を試みていると思って、桜子の身を案じているのかもしれない。

だとしたら誤解だと説明しなければ。

「あの、仁志田さんと桜子さんは喧嘩してたけど、仁志田さんは今は仲直りしたがってるんだ。だからライブのチケットを上げたんだけど……もしかして、いけなかった？」

「桜子のことはどうでもいい。その時に余計なことを話してくれたそうじゃないか」

仁志田に関わることで怒っているのは間違いないようだ。

しかし、仁志田から朋成が婚外子だと聞かされ、驚きはしたがそのことを悪く言った覚えはない。朋成が怒っている理由に見当がつかなくて困惑する。

「余計な話って？　朋兄ちゃん……なんで怒ってるの？」

「朋兄ちゃん、なんて昔の呼び名で親しみを持たせておいて、陰では俺を笑いものにしていたんだな」

自分に向けられる、怒りと憎しみの宿った目が怖い。でもそれが怖いからというより、朋成にそんな顔をして欲しくなくて、必死に怒りの原因を探す。

だけど、やっぱり思い当たる節がない。

「笑いものになんてしてないよ！　何のこと言ってるの？」

「しらばっくれるな！　あのことはおまえしか知らないはずだ。よくも人の恥をぺらぺらと――」

「恥？　恥って何？　朋兄ちゃんの恥になることなんて、知らないよ。もし知ってたって言わない！　俺、朋兄ちゃんのこと好きだもん」

必死に潔白を訴えたが、朋成はこの期《ご》に及んでまだ言うのかと蔑《さげす》みの眼差しを向けてくるだけ。

でも何とか疑いを晴らしたくて、一樹は目をそらさずにじっと朋成の目を見つめ返す。

自分に向けられる眼差しに、朋成は少し動揺したように視線を揺らがせた。

「……好きだというなら、証拠を見せてくれ」

「証拠って……いいけど、どうすればいいの？」

誤解を解くためなら何でもする。そう思ったけれど、朋成が大好きなことは本当だが、それを証明しろと言われると、どうすればいいのかとっさには思いつかない。

「俺を愉《たの》しませろ」

「愉しませるって……？」

具体的にはどうすればいいのか。首をひねって思案していると、朋成は身を乗り出してきて、手首を摑まれる。そのまま強引に縁側から一樹を屋敷の中に引き入れようとする朋成に、慌てて地下足袋を脱いで従う。

手を摑まれたまま長い中廊下を歩きながら、一樹は朋成が何を望んでいるのか考える。だけど改めて考えてみると、自分が朋成の趣味や好きなことを知らなかったのに気付く。

朋成の家には、汽車や新幹線のオモチャがいくつかあった。でもただの貰い物なのか、朋成は鉄道好きというわけではなかった。

朋成はいつも一樹の好きなこと、したがることで遊んでくれた。

再会してからも一緒にいると楽しいことばかりで、そんな朋成のことを悪く言うことなど絶対にない。

そう伝えたかったが、目的の部屋へ着いた途端、乱暴にその中に突き飛ばされた。

初めて入ったその部屋は洋室で、本棚と机にベッドがあった。ここが朋成の部屋だろうかと思わず辺りを見回すと、腕を摑まれ引き寄せられる。

「え？　な、何？　……んっ」

朋成の胸にぶつかり、驚いて顔を見上げた瞬間に唇に何か押し当てられた。

それが朋成の唇だと気付いてとっさに引きはがそうとしたが、両手ごと抱きしめられて動きを封じられていた。

「やっ、だ！　な、な……何？　何？」

歯が当たって痛かったが、強引に首を振って唇を離す。それでも腕の中からは逃げられない。

後ろに回した手で腰を引き寄せられ、身体を密着させられる。その時感じた、下腹部に当たる朋成の股間《こかん》の不自然な硬さにゾッと鳥肌が立つ。

それに気付いたのか、朋成はわざと腰を擦《こす》りつけてきた。

「一樹……」

一樹の髪に顔を埋《うず》め、そっと名前を呼んで耳元をくすぐる。

ここまでされれば、いくら鈍い一樹でも朋成が何をしたがっているかの見当はつく。

しかし、朋成とは一緒に風呂に入ったこともある仲だ。お互いにつく物がついた男だと知っている。

男の朋成が男の自分を女のように抱こうとしているなんて、理解できなかった。

「ねえ、何で？　何でこんな……」

見上げれば、またキスされるかもと思えて顔を上げられない。顔が火照ってきっと真っ赤になっていると思うと恥ずかしくて、俯いたまま訊ねる。

「朋兄ちゃんのことが好きなんだろ？　それも、やっぱり嘘か？」

嘘ではない。だけど、こんなことをする『好き』とは違う。それに、朋成のこの乱暴な行動も好意からとはとても思えなくて、戸惑うばかりだ。

一樹にとって、さっきのが生まれて初めてのキスだった。

朋成の唇の感触が余韻として残っているが、柔らかな唇より固い歯が当たったことの方が印象に残っている。

キスってこんなだったのか、と失望するほどあっけなかった。

いつか恋人ができたら、初めてのキスはどこでどんな風にしたらいいんだろう、なんて考えたことはある。でも、その相手が男——ましてや朋兄ちゃんだなんて想像もしなかった。

おまけに好きだからキスしてくれたのではなく、怒りにまかせた腹いせのように理不尽な仕打ち。

キスは、好きな人と、好きだからするものだと思っていたのに。

こんなのは納得できないと、抗議するべく顔を上げた。

しかし、自分を見つめる朋成の目に、怒りだけではなく縋るような寂しさを感じ、一樹は抗議することも忘れて見つめ返す。

「朋兄ちゃんの悪口なんて絶対に言わない。朋兄ちゃんに嘘なんかつかない……信じてよ」

真摯に訴える一樹に、朋成は少しだけ表情を和らげる。

「……悪気なく、言ったんだな？　俺が貧乏暮らしをしていたことを」

「そんなこと言ってない。仁志田さんが嘘ついてるんだ！」

あの素朴な村では、どの世帯も似たり寄ったりな生活だった。一樹の家も屋敷は立派だったが食事も着る物も贅沢《ぜいたく》なものではなく、服は汚れてもいい物、食事も忙しい日はインスタントラーメンで済ましたりしていた。

　衣食に関しては、母親がいた朋成の方が貧乏どころか恵まれていたと思う。それがうらやましかったけれど、やっかんで悪く言ったことなど一度もない。

「俺が北山辺にいた頃のことなんて、あいつがどうやって知ったっていうんだ？　俺が破れた靴下を履いて――」

「俺は悪口なんか絶対、ぜーったい！　言ってない！」

　口調は優しくなったが、あくまでも一樹が悪口を言ったと信じ込んでいる朋成の言葉に、困惑してばかりだった一樹もだんだん腹が立ってきた。朋成の言葉を遮りきっぱり言い切る。

「……おまえは、わがままは言っても嘘はつかない奴だと思っていたのに」

　嘘なんかついてないと言おうとした唇を、もう何も聞きたくないとばかりに唇で塞《ふさ》がれる。髪を掴まれて乱暴に上向かされ、顔を逸らして逃げることもできない。

「やっ……んんっ！」

　抗議の声を上げようとした瞬間、何かぬるっとした物が口内に入り込む。それが朋成の舌だと気付いて、一樹の頭の中で何かがスパークしたように真っ白になった。

　闇雲に頭を振って後ろへ逃げようとした、その勢いのままベッドへと突き飛ばされる。起き上がる間もなく馬乗りになられ、ベッドの上に押さえつけられた。

　小柄でも力には自信があった一樹だが、こうして体重をかけてのし掛かられると体格差で負けてしまう。

再び近づいてくる唇から顔を背けても、首筋に噛みつくような口づけを落とされる。

「朋兄ちゃん？　いやだって！　やめてよ！　やっ――」

朋成が何を怒っているのか、何故こんなことをするのか、何もかもが分からない。得体の知れない恐怖に全身が強ばる。ろくな抵抗もできないまま半纏をはぎ取られた。

朋成は首筋から鎖骨までたどり、一樹のタンクトップからむき出しになった肩にも口づけてくる。

「ちょ、朋兄……やだっ！」

舌を肌に這わされ、その熱く湿った感触に鳥肌が立つ。朋成の顔を手で押しのけようとすると、隙をつくように朋成の手は一樹の下半身に伸ばされズボンのボタンを外しに掛かる。

一樹はその手を、渾身《こんしん》の力で引きはがした。

「いやだってば！　何するの？」

「大人しくしていろ。――庭の木がどうなったか、知りたくないのか？」

「え？」

大事な門冠りの黒松がどうなったのか、知りたい。思わず一樹の抵抗する手が止まる。

それを見た朋成は唇の端を上げ、一樹が初めて見る嫌な笑みを浮かべた。

「一樹は木のためなら、何だってするんだな。……大人しく言うことを聞くなら、抜いた木

は全部おまえにやろう」

「ほ、本当に？」

こんな朋成は嫌だけど、少しだけ我慢すれば黒松が戻ってくる。ちゃんと言うことを聞けたら、きっと朋兄ちゃんも俺の話を聞いてくれる。

そう信じるしかない一樹は、抵抗を放棄した。

服をすべて脱がされても、男同士なんだからそんなに気にすることない――と思いたかったが、じっと見られると恥ずかしい。

「あんなに小さかったのに、一人前になってるじゃないか」

「う……どこ、見てんの……」

羞恥《しゅうち》で頭に血が上り、顔全体が熱くなる。

自分の物は、サイズ的には標準だと思う。ちゃんと剝《む》いて洗わないと病気になるとおじいちゃんに脅されて、子供の頃から自分で剝いていたので皮も被っていない。

昔、朋成と一緒に風呂に入ったときは、どこまで成長していたか覚えていない。

ただ朋成は毛が生えていて自分のより大きくて、やっぱりお兄ちゃんだなと思った。

今はどうなんだろうとこっそり盗み見ようとしたが、朋成は着物の前すらはだけていない。

自分だけ素っ裸な状況が、羞恥心に拍車を掛ける。かといって朋成も脱いでなんて言ったら積極的に誘っているようで嫌だ。

何も言えないままベッドに寝かされ、どうすればいいのかも分からず天井を見つめる。

何をされるのか不安だが、朋成は自分にそんなにひどいことはしないはず。

——そう思ったけれど、そんな甘い考えは通用しない、とすぐに思い知らされることになった。

「ひっ、や……嘘っ」

乳首への刺激に、ビクリと身体が跳ね上がる。

首をもたげて朋成が何をしているのか見てみると、朋成が自分の乳首に吸い付いている。

一樹が呆然《ぼうぜん》と見つめているのに気付いた朋成は、目を細めてわざと音を立てて吸い上げ、小さな突起を丹念に舐め回してくる。

もう片方にも同じように吸い付き、さっき散々に舐められて硬く尖った方は指の腹で中に押し込むように弄《もてあそ》ぶ。

その刺激に、くすぐったさとは少し違う感覚が肌から内側に痺《しび》れるように広がっていく。

「やっ、やだ、いっ、痛！」

初めて知る感覚に戸惑い、朋成の肩を押してやめさせようとすると、朋成は軽く歯を立てて刺激を強めた。

そんなに痛かったわけではないが、噛みちぎられそうな気がしてゾッと背筋が寒くなる。

それなのに、身体の内側から熱が湧き上がってくるように身体が火照り、股間が熱を帯びていくのを感じる。

それを察したらしい朋成にやんわりと中心を握られ、血が一気にそこへ集まっていく。

「あっ……や、やめっ、やっ……」

「やめる？　どうしてだ。結構気に入ってるみたいじゃないか」

「あっ、あ！　くっ」

あっけなく勃起してしまった自分の状態を揶揄され、さらに強く乳首を吸われて身体をよじりシーツを蹴《け》った。

乳首への愛撫《あいぶ》は休みなく続けられ、それに連動するように脈打つ茎を扱《しご》かれると制止の言葉さえ言えなくなるほど息が上がる。身体中の血管にすごい勢いで血が流れているのか、心臓が痛いほど鼓動が早まる。

こんなことは変だ。やっぱり嫌だと突っぱねたい。

それでも、従わなければ黒松も他の木も取り戻せない。

今までどんなことだって我慢して努力して、乗り越えてきた。こんなことくらい何でもないと気持ちを逸らそうとしても、舌で指先で全身をまさぐられて快楽に心をかき乱される。

「あっ、あっん！」

滾《たぎ》るこわばりの先端を指で軽く撫でられただけで、電流が走ったみたいに身体がビクリと強ばり、甘ったるいおかしな声が出た。

　自分とは感覚も大きさも違う手に、次にどこを触れられるか予測もできないので、全体が過剰に敏感になっている気がする。

「朋兄ちゃ……やめ、やめて……そこ……もう、触らないで」

「ふ、ん……触られるのは嫌か」

　刺激を痛いほどに感じて涙目で懇願すると、朋成は不機嫌そうに鼻を鳴らし手を離してくれた。

　でもホッとしたのもつかの間、朋成は一樹の両足を広げさせて割り入り、じっと一樹の股間に視線を注ぐ。

「な、に？　なんで、こんな……」

　触られていなくても、見られているだけでびりびりするほどの緊張感に苛《さいな》まれる。頭から血の気が引いて、目の前が暗くなる目眩《めまい》に似た感覚を、目を瞑《つむ》ってやり過ごす。

「ふ……あっ！」

　ふいに、太ももの内側を上に向かってなぞられ、ぞわっと肌が粟立《あわだ》つ。

　そのまま足の付け根に手を這わされると、やめて欲しいと願う心とは裏腹に、もっと中心を触って欲しいという欲求が、身体中から吹き出してくるように感じる。

「ここが……気持ちいいのか？」

「やっ、ちがっ……やぁだ……」

こんなことの何が愉しいのかさっぱり分からない。身体は刺激に対して素直に反応するが、無理矢理引き出される快感と同じだけ、心には嫌悪感が湧き上がる。

拒絶したいけれど、口を開けばおかしな声が出る。黙って朋成を見つめたまま首を振ると、朋成は口の端を上げて馬鹿にするように見下してきた。

「ここは嫌か？　じゃあ、どこがいいのか、そのおしゃべりな口で言ってみろ」

「なっ……い、いいって……いやだっ！」

再び太ももの内側をゆっくりと足の付け根まで撫でられると、身体中に快感が波及するように震えが走る。

思わず背中をのけぞらせると、朋成は足の付け根まで来ていた手を後ろに滑らせ、お尻とその谷間を摑まれる。そのままお尻を丹念に手のひらで探られ、その刺激に腰の辺りの内側から熱が股間へと集まっていく。

「や……いや……っ」

「どこに、触って欲しい？」

一樹の性器はもう脈打って痛いくらいに張りつめて、解放を願っている。見れば分かるほどそそり立っているのに、朋成は意地の悪い声で訊いてくる。

それでも、触って欲しい場所を言いたくない。恥ずかしいし、屈辱的だ。

「人の陰口は言えても、自分の気持ちのいい場所は言えないのか？」

「陰口……なん、あっんっ……言わな……言って、な……」

言い返したくても、口を開けば漏れる、甘えた声が恥ずかしくて口をつぐんでしまう。そんな一樹を面白そうに眺める朋成を見たくなくて、顔を背けて目を閉じた。

意地悪を言っても、朋兄ちゃんの言葉にはいつもどこかに優しさが潜んでいた。だけど今の朋成の口からは、毒を含んだ言葉しか出てこない。

眼差しも刺さるほどにとげとげしい。

朋成は一体どうしてしまったのか。わけが分からず混乱し、逃げたいけど逃げられない。はち切れそうなほど昂ぶった状態で放置され、身もだえる様を見られる羞恥心に身体が燃えるように熱い。

もうなりふり構わず自分で扱きたいけど、両方の手首を片手で掴まれ動きを封じられて、それもできない。

「やっ、や……もう……イきたい」

「……いいぞ」

口ではそう言いながら、朋成はそれに到る行為は許してくれない。うっすら目を開けて朋成の顔を窺《うかが》うと、どうして欲しいか言ってみろと挑発される。

恥ずかしさと屈辱に涙がこみ上げてくるが、望みを口にするまでは許されないだろう。

「さ……触って、て」

「触ってるだろ？」

言いながら、やわやわと軽く太ももを撫でられて、優しい刺激が苦痛だった。なぶり者にされている屈辱に、堪《こら》えきれずに悔し涙が零《こぼ》れる。だけど、自分ではどうしようもなくて、懇願するしかない。

「そこじゃ、なくて……」

「どこだ？」

分かっていることを言わせようとする、意地の悪い声。それすらも肌をくすぐり、感じてしまう。だけど達するには到らず、もどかしさが増すばかりだ。

「触っ……て……お、おちんちん……触って」

「可愛いな、一樹は」

ようやく望みを口にしたことに満足したのか一樹を縛《いまし》めていた手を離し、一樹の昂《たか》ぶりを確かめるように先端から根元に掛けて手のひらで包み込んで滑らせた。

漏れ出た先走りでくちゅりと水っぽい音を立てるのも、羞恥心を煽《あお》る。

そんな僅かな刺激に、大げさに反応してしまう自分を見られたくない。それに一樹の子供っぽい言い方を嘲笑《ちょうしょう》する朋成の顔を見ていたくなくて、一樹は羞恥に染まった顔を自由になった両手で覆い隠す。

「何？　——やだっ！」

痛いほどに張り詰めていた中心が、熱い滑りに包まれる。何が起こったのかと上半身を起こして見てみると、朋成が自分の性器を銜《くわ》え込んでいた。

「ふっ、あっ！　ああっ、やっ、朋兄、ちゃ……あっんっ、んっ！」

ただ触られるだけと思っていたのに、口に含まれて先端の鈴口を舌でつついたり吸い上げたり、様々な刺激を与えながら手で茎を扱かれて、一樹はあっけなく朋成の口内で達してしまった。

「……いっぱい出たな。彼女がいなくて、自分でもしていないのか？」

あまりのことに声も出ない一樹に、朋成は飲み下しきれなかった白濁した体液を見せつけるように指に絡ませながら揶揄《やゆ》する。

羞恥のあまり顔を背けると、そのまま肩を摑まれて俯《うつぶ》せにされた。

「ひっ？」

顔を枕に埋めて恥ずかしさを堪えようとした一樹は、思いがけない場所を触られて声を上げた。

ぬるりとした物が、お尻の穴に侵入してくる。

それが自分の精液を絡めた朋成の指だと気付いた一樹は、起き上がって逃げようとしたが、難なく腰を押さえつけられて動きを封じられる。

「なっ、な……何？　やっ、朋、兄……やあっ！」

軽い抜き差しがだんだん深く、速くなってくる。指の本数も増えたのか、痛みと異物感が増す。

「……いっ、や……やめてっ」

抗議の声を上げてもまるで聞こえていないのか、朋成は穴のひだを押し解《ほぐ》してさらに深くまで突き入れられた。

根元まで銜え込まされ、その指を左右にひねられ中を探られる。

自分の中に何かが入り込んで動いている。例えようのない不快感を排除しようとしてその場所に力を込めると、ずんとした痛みが背筋に走った。

「いっ！　痛っ……」

「力を入れるな。大人しくしてれば……よくしてやるから」

命令する口調の中に、僅かに優しさを感じて少しだけ身体の力を抜くことができた。

それでもやっぱり、痛くて苦しい。どうしても身体が逃げるような動作をしてしまう。だが僅かに身体を起こそうとしただけで、乱暴に指を突き入れられて引き裂かれるような痛みに硬直する。

「痛いっ！」

「大人しくしていろと言ったはずだ。じっとしていれば……優しくしてやる」

痛みと信じられない出来事の連続に、頭の中にもやが掛かったように思考能力が鈍っていく。視界も滲《にじ》んだ涙で曇り、すべてがぼんやりと見える。唯一はっきり聞こえる言葉に従うしかなくて、一樹は枕にしがみついて痛みと不快感に耐えた。

自分でも触ったことのない内側を容赦なく嬲《なぶ》られてなすすべもないなんて、悔しさに涙が頬を伝う。せめて情けなく上がる声を堪えたくて、枕を噛む。

抵抗しなくなったのに満足したのか朋成は指を引き抜いてくれ、一樹はやっと深く息をつけた。

それを見計らったかのように、さっきまで弄ばれていた窄《すぼ》まりに押し当てられた何かを、腰を掴まれぐっと突き入れられた。

「ああっ！」

一瞬の衝撃に堪えきれず声を上げたが、後はうめき声も出なくて、口を開けても呼吸すらできない。

ずり上がって痛みから逃げようとすると、覆い被さってきた朋成に髪を掴まれて頭を枕に押しつけられた。

「逃げるな……一樹……逃がさない、どこにも」

荒い息づかいで耳に吹き込まれる、言葉まで熱く感じる。でも下腹部にあるそれ以上に熱くて硬い、自分の中に入り込んだ存在に苦しめられる。

突き入れられた物は、朋成が身体を進めるのに合わせてゆっくりと自分の中に収まっていく。

身体の一部だなんて信じられないほど硬いけれど、それは朋成の性器だ。

信じられない事態と痛みに、心も身体も強《こわ》ばり身動きすら取れない。

「……っ、んく……」

何かがせり上がってきて肺を圧迫しているようで、息を吸うことも吐くこともできない。

苦しさに呻《うめ》く一樹に気付いたのか、朋成は頭を押さえつけていた手を離し、その手でゆったりと優しく髪から首筋をたどるように撫でる。

「一樹……息を吐くんだ」

肩を撫でられ、外部からの刺激にようやく息が吐けた。それでも身体の中の異物感はさらに増すばかりで、少しも楽にならない。

それなのに朋成は腰をくねらせ、中をかき混ぜるような動きで、さらに深くねじ込んでくる。

押し出そうと力を込めても止めることすらできず、痛みだけが増す。

「痛っ、い、いた……い、朋、兄ちゃ……お願、い……もう……や……」

「一樹……」

枕に半分顔を埋めながら何とか肩越しに呼びかけてみたが、鼻に掛かった弱々しい泣き声しか出ない。けれど、それが同情を買ったのか朋成は動きを止めた。

ずるりと引き抜かれる感覚に、寒気が走る。それでも痛みから解放された安堵に息をつく。

「朋兄ちゃん？　――嫌だ！」

やめてくれると思ったのに、両足を大きく広げられて向かい合った状態で再び身体を繋げられる。

「やぁっ！　……うっく……」

「痛ければ、力を抜け」

一樹の表情を見ながら、朋成は浅い部分で抜き差しをくり返す。痛みを与えられているのに、自分を見つめる朋成の目が優しい気がして混乱する。

「……はっ、はぁ……一樹……」

「んっ、あっん……」

朋成のうっとりとした表情に、荒い息づかいとかすれた声。そんなものに艶を感じて腰の奥にずくんと熱いものが走り、一樹は自分自身の反応が信じられない気持ちで、嫌々と首を振る。

「駄目だ。一樹……逃がさない」

「ああっ！　うっ……」

自分を拒絶していると思ったのか、そんなことは許さないとばかりに深く突き立てられて、息がつまる。

「おまえは……俺の物だ」

身体を倒して覆い被さってきた朋成が、一樹の耳に吹き込むように囁《ささや》く。

その言葉が一樹の心と身体に染み渡り、朋成の物になりたいという想いが心に湧き上がる。

それで朋成が信じてくれるなら。朋成とずっと一緒にいられるなら。

だけど、突き上げられる感覚が苦しくて、声に出して伝えられない。

ただ戦慄《わなな》く一樹に、朋成はもう何も言わずに浅く深く抜き差しをくり返す。

「あっん……く……うんっ、うっ、ん……」

息をすることもままならず、酸欠になったのか意識がもうろうとしてくる。打ち付けられる身体のぶつかる音と、それに合わせて上がる自分の声がどこか遠く聞こえる。

「——一樹っ」

「やっ、ん！　……何？　……やだっ！」

一際強く深く突き入れられ、朋成の胴震いと共に腹の奥にじわりと熱いものが広がるのを感じ、一瞬後にその正体に気付いて愕然となった。

自分の中に性器を突っ込まれたあげく、そのまま射精された。

生まれて初めて感じる体内の違和感に得体の知れない恐怖を覚え、逃げたいのに身体がすくんで動けない。

「……へぇ、分かるのか。すごい。……けっこう敏感なんだな、ここも」

中に出されたのに気付いた一樹を、朋成は息を弾ませ恍惚《こうこつ》とした表情を浮かべて満足げに見下ろす。

まだ繋がったままの箇所を指でなぞられ、一樹は反射的にそこを締め付けてしまい、熱くてじんじんするほどの痛みに顔をしかめる。

痛くて、苦しくて、早く離れて欲しい。しかし朋成は、達したばかりなのに萎《な》えるどころかさらに滾って再びのし掛かってきた。

一樹の足を肩に担いでより深く繋がってきて、異物感が自分の中でまた大きくなったのを感じる。

「も、いや。離し——ひっ！」

これ以上、何をされるのか。痛みと苦しさと、それ以上の恐怖心に耐えかねて、自分に覆い被さっている朋成の肩を殴った。

だが、腰を引いて抜いてくれるのかと思った瞬間にまた深く突き立てられ、その苦痛に反射的に目を閉じる。

「……やぁ、だ……うっ……い、た……痛い」

「動くな。……余計に痛いぞ」

これ以上痛くなるなんて、信じられない。

朋兄ちゃんが、自分にこんなに痛いことをしてくるはずがない。

苦痛の中で目を開けると、薄笑いを浮かべて自分を見つめている相手と目が合う。痛がる自分を見て悦《よろこ》んでいる。こんなのは自分の知ってる朋兄ちゃんじゃない。

――知らない男が自分の上に跨《また》がり、身体の中まで入り込んでいる。

「やっ！　いやだ、いや！　……いっ、つっう……」

全身の毛が逆立つほどのすさまじい嫌悪感に、一樹は身をよじって逃げようとした。でも動こうと身体に力を入れただけで、自分の中にある硬くて熱い物の存在を痛みとして思い知らされる。

抵抗しないことが、痛みを和らげる唯一の方法。

逃げたい気持ちを抑えつけ、一樹は相手を見ないですむよう、両手を交差させて顔を覆い固く目を瞑った。何の手立てもなく、されるがままになるしかない自分の無力さに、心の中は絶望感で埋め尽くされる。

「……一樹」

大人しくなった一樹に、男は息を弾ませて髪を撫で、顔を覆う腕を優しく押しのけて頬や唇に口づけてきた。

そのあまりの優しさに目を開けてみると、相手と目が合う。

満足げに微笑むその顔は、大好きな朋兄ちゃんだ。

それでも下半身は別物のように一樹の中でうねって、一樹を責め立てる。

やっぱり朋兄ちゃんが自分を痛めつけて喜ぶなんて、あり得ない。こいつは知らない男だと思わなければ、身体より先に心が壊れてしまいそうで、抵抗と一緒に考えることすらも放棄した。

「……うっ、……ふ、うっ……」

「……感じるか？　一樹……もっと、もっと、俺を感じてくれ」

愛おしむような柔らかな手つきも唇も優しい声も、苦しさと痛みの前に消え去って、心には届かない。苦痛に息をするのが精一杯で言葉も出なくて、激しく揺すぶられる度に涙がこぼれ落ちる。

しかし一樹は、自分が泣いていることにすら気付く余裕もない。

ひたすらこの熱くて痛い物に、自分の中から出ていって欲しい。それだけを願っているしかなかった。

障子越しの薄明かりに、夜が明けていることは分かった。でも、いつ眠ったのか、いつ目覚めたのかも定かではない。

何故《なぜ》だか、瞼《まぶた》が錆《さ》び付いたシャッターみたいに軋《きし》んで、瞬《まばた》きすらままならない。

ぼんやりした視界と意識の中でも、浴衣《ゆかた》を着た誰かの腕に抱かれて、髪を撫《な》でられているのは分かる。でも一樹《かずき》はそれを、気持ちいいとも止めて欲しいとも、何とも思わなかった。お腹《なか》が空《す》いているだろうとか、どこか痛むかと矢《や》継ぎ早に話しかけられても、言葉は掛けっぱなしのテレビの音みたいに頭の中を通り過ぎていく。

頭がぼうっとしすぎて、言葉は聞こえているが何を言われているのか理解するには到らない。

「聞こえているんだろう？　無視してないで、何とか言ってくれ！」

「……木、を……黒松は、どこに……」

心配に苛立《いらだ》ちの混じり始めた鋭い声が、ようやく意識に届いた。それでスイッチが入ったのか、一番気になっていたことを言葉にできた。

「木？　木か！　おまえの頭にはそれしかないんだな！」

布団から抜け出た相手が、目の前に名刺を叩きつけるように投げ捨てた。

その男がどうして怒っているのか分からないが、これがあれば黒松が返ってくるのだろう、と何も考えずにただ受け取る。

「その業者に引き取らせたが、おまえのところに持って行くよう連絡してやる」

礼を述べて名刺をポケットにしまおうとして、一樹はようやく自分が何も着ていないことに気がついた。

そんなことになっている理由を思い出したくなくて、ベッドサイドに畳んで置かれていた服を淡々と身につけるが、動く度にどこかしらに痛みが走る。

思わず漏らしそうになる声を、唇を噛《か》んで押さえ込む。

視界の端に、気遣いを含む心配そうな眼差《まなざ》しで男が自分を見ているのが映る。何故そんな辛そうな顔をしているのか不思議だったが、霞《かすみ》が掛かったように不明瞭《ふめいりょう》な意識が深く考えることを拒否する。視線を逸《そ》らして見ないことにした。

恥ずかしくて痛くて怖い思いをしたけど、もう大丈夫。もうここに来る理由はないから、この男に会うこともない。

そう無視しても、男は一樹に向かって話しかけてくる。

「朝食を用意させよう。夕飯も食べていないから、お腹が空いただろ?」

優しい言葉は耳に心地よいけれど、身体《からだ》と心から湧《わ》き上がる悲鳴のような痛みがそれをかき消す。

確かに何も食べていないはずなのに、空腹感はない。それに早くここから逃げ出したい気持ちの方が大きかったので聞き流した。

最後にもう一度だけ庭を見たかったが、自分の愛した庭はもうないのだと思い出す。

優しくて大好きだったお兄ちゃんも、もういない。

何もかも失った喪失感は、父親も家も失ったあの頃の悲しみを甦《よみがえ》らせた。それでも、悲しくても辛くても泣いたって何にもならないと、今はもう知っている。

泣き叫びたい心を押し殺し、一樹は一度も振り返ることなく来島《きじま》邸を後にした。

車を運転すると、さすがに意識がはっきりしてきた。

家に着いてからシャワーを浴びれば、さらに頭が冴《さ》えてくる。べたべたに汚れていた身体は拭《ふ》き清められてはいたが、それでもひどく気持ちが悪い。身体のそこここに残る痛みのせいだけではなく、自分の身体がどこか変わってしまった気がして、嫌悪感が胸の中で渦巻いている。

皮膚が赤くなるほど身体中をタオルで擦《こす》り風呂場から出ると、見計らったかのように鳴る携帯電話の着信音に驚かされた。

見知らぬ番号に、一瞬どうするか迷ってから通話ボタンを押す。

『築山《つきやま》造園の方ですか？』

相手からの第一声に、仕事の電話だと分かってホッと肩の力が抜けた。だが、来島さんからの依頼の話だと続けられて身体が強《こわ》ばる。

『うちで引き取った植木をそちらへ運べと言われてね。どこに持ってけばいいですかね？』

持って行けと言ったものを買い取ると言われたり、金持ちの考えることは分からんねと電話の向こうで笑う相手に、本当に分かりませんねと心から同意するしかなかった。

とにかく、運んでくれるなら迎える準備を急がなければならない。気持ちを仕事モードに切り替える。

一樹は、父親のことを思い出して悲しくなった日も、祖父と喧嘩をして腹が立っていた日も、仕事となるとそれだけに集中するようにしてきた。人様の大切な庭を任されながら、いい加減な気持ちで取り組むことなど許されない。

今日の作業は自分のためのものだったが、それでも木を扱うときの心構えは同じ。雑念を払い、どう作業を進めるかを考えることにした。

入っていた仕事の予定を頼み込んで日にちを変えて貰《もら》い、野崎《のざき》と鈴木《すずき》も呼び寄せる。手はずを整えるのに奔走していると、身体は痛むが他のことを考えずにすんで気が楽だ。

何故こんなことになったのかと憤慨する野崎と鈴木に、金持ちの気まぐれとざっくり説明する。

やっぱりあの坊主は性悪だったろうと毒づく野崎に、何も反論できないのが悲しかった。それでも今は、朋成《ともなり》のことを考えている余裕はない。一樹は悲しみを心の中から追い出し、木のことだけを考えて行動した。

電話から二時間ほどで、クレーン付きのトラックともう一台の大型トラックで木が運ばれてきた。

持ち去られていた木は、黒松を入れて全部で七本。

荷台にある黒松の無事な姿を見て、一樹は泣きたくなる思いで安堵《あんど》の息を漏らした。

運んできてくれた男性は、『未来造園』の責任者で塩谷《しおたに》と名乗った。五十代後半くらいで、よく日に焼けて頑健な体つきは、見るからにベテラン庭師という感じだ。

この辺りでは見かけない業者だと思ったら、普段は朋成の会社の花壇や中庭の手入れを任されていると自己紹介してきた。

昨日いきなり屋敷の庭を潰《つぶ》せと言われ、ここまで手入れされた木をただ切ってしまうのは惜しいから引き取らせてくれないか頼んだところ、好きにしろと許可を貰えたという。

切られてしまっていたらどうしようもなかった。よくぞ欲しいと言ってくれた、と感謝の気持ちで一杯になった。

朋成が突然何を思って庭を潰そうとしたのかは分からなかったが、とりあえず木が持ち去られた事情は飲み込めた。

後は、とにかく木の移植を急がなければ。

塩谷が連れてきた二十代半ばくらいの若い職人二人も加わって、作業を開始する。

木の移植は時期を選ぶことが大切で、針葉樹、常緑樹、落葉樹と木にもいろいろ種類があるが、大抵の植え替えは寒さも緩んだ春先がよい。

しかし落葉樹は、新芽が出てしまってからでは遅い。

木は葉から水分を蒸発させることで、根から水を吸い上げる。そのときに水がないと、幹の中の道管と呼ばれる水の通路が空洞になる『水切れ』という現象が起きる。

一度水切れを起こすと、後からどれだけ水をやってもその道管はもう水を吸い上げない。新しい道管が出来るまで、水は供給されなくなる。

切り花の茎を空気に触れないよう水の中で切るのも、水切れ防止のため。植物を枯らさないためには、水切れを起こさせないことが非常に重要なのだ。

だから新芽が出てしまったら、水の心配が少ない梅雨の時期まで待った方がいいのだが、すでに掘り出されてしまっているのだから今やるしかない。

「――っ」

短く刈り込まれた木斛《もっこく》に言葉を失う。これも葉からの水分の蒸散を防ぐための処置と分かっていても、痛々しい姿に胸が締め付けられる。

だが、現状を嘆いていても仕方がない。作業を急がないと。

一樹はまず黒松の根に巻かれているこもを外して、根の状態を確認する。

掘り出す際に根が押しつぶされていたら腐ってしまうが、カッターできれいに切り直して周りの皮を少しだけはぎ取る、環状剝皮《かんじょうはくひ》を行えばそこから細い根を出す。

本当ならばこの作業は根回しといって、移植の一年ほど前に行う。

物事を始める前に周りと打ち合わせておく『根回し』という言葉は、これが語源になっている。それほど重要な作業だ。

今からでも根にこの処置をしておけば、移植の成功率はぐっと上がるだろう。

「手際がいいねぇ」

塩谷は、一樹の手つきと手入れの行き届いた道具に感心したのか、若造だとなめてかかっていた態度に変化が見えた。金持ちのわがままに仕方なく付き合わされている雰囲気だったのが、積極的に手伝ってくれるようになった。

「とにかく穴を掘って木を立たせねぇとな」

一樹が黒松の処置をしている間に、鈴木と野崎が他の木の処置に取り掛かる。

木を寝かせてしまっては葉の裏に日が当たり、焼けて駄目になってしまう。空いているスペースに鈴木がショベルカーで大急ぎで植穴を掘り、そこに野崎と未来造園の職人がクレーンで木を下ろして植える。

とはいえ、ただ穴を掘って放り込めばいいわけではなく、穴と根の隙間に土と一緒に水を満たして水決めをしなければならない。

水決めは、土の中にまんべんなく水が行き渡り根が水を確実に吸えるよう、気泡が出なくなるまで泥を突き固める、大変な重労働だ。

黒松の処置を終えた一樹も作業に加わる。

「大丈夫……大丈夫。何とかなる……何とか」

「ああ。大丈夫だ。どれも秀樹《ひでき》さんが目利きした、根っこからしっかりした木ばかりだからな」

無意識にいつもの口癖を呟《つぶや》きながら、泥に棒を突き立てる一樹の肩を、野崎が力強く叩いて励ましてくれる。

その言葉に頷《うなず》き、祈る思いで作業を続けた。

夕方からせき立てるように曇り始めた空は、知らぬ間に夜を連れて来た。

それでも何とか、暗くなりきるまでにすべての木を立たせることができた。

移植に必死な間は木のことしか考えられなかったが、みんなが帰って一人きりになると、心の奥に沈めたいろんな疑問が浮かび上がってくる。

考えても仕方がないと思った朋成とのことも、何故あんなに怒ったのか事の発端について心当たりを探る。

仁志田《にしだ》が嘘をついたに違いない。だがそうだとしても、朋成は自分よりあいつの言葉を信じたのだ。

それは、どうしたって許せることではなかった。

自分の言うことを信じてくれず、人を痛めつけて喜ぶ……あんな男は朋兄ちゃんじゃない。

それなら、やはり自分は知らない誰かに抱かれたのか――

身の毛がよだつ考えを、頭を振って払い落とす。頭を振りすぎてくらくらして、そのまま畳の上に倒れ込む。

横になると、動いている間は意識しないですんだ身体の痛みも、今日の疲れと共に一気に襲いかかってきた。

元から痛みを抱えた身体で、昼間に買ってきて貰った弁当を食べるとき以外、ずっと働き続けていたのだ。疲労は極限状態に来ていた。そのまま起き上がることもできず、ただぼんやりと、意味もなく視界に入ったすり切れた畳の毛羽を指先でいじくる。

「……朋兄ちゃんなら、よかったのに」

空っぽの心に浮かび上がった言葉がそのまま口から零《こぼ》れ、その言葉に自分で驚く。

でもどうせ男に抱かれるなら、大好きだった人が相手ならよかったと思うのも仕方がない、と無理矢理に自分を納得させる。

朋成のことを性的に見たことはなかったが、本当のお兄ちゃんのように大好きだった。家族以外でこんなに好きな人は他にいない。

一番大好きな人。

それなのに、朋成にとって自分は一番ではなかった。嘘つき呼ばわりされたことも辛かったが、そのことの方が心に深く突き刺さった。

仁志田と朋成がどういった間柄かは知らないが、自分より向こうの方が朋成に信頼されていると思うと胸がぎゅっと苦しくなって、敗北感に苛《さいな》まれる。

再会してからも、朋成は昔みたいに甘えさせてくれたけど、本当は嫌々だったのかもしれない。

誰も自分を愛してくれていない――孤独感が、土砂のようにずっしり重くのし掛かる。

もう何もかも忘れて眠ってしまおうとしても、心も身体も疲れ切っているのに眠気は訪れず、布団に入る気にもなれなかった。

柔らかい布団の上に横になったら、ベッド上で散々に弄《もてあそ》ばれたときの感覚がよみがえってしまいそうで怖い。

痛いと言っても、泣いて頼んでも、やめてくれなかった。

自分の意思を無視してされた行為も、その結果として受けた痛みも、すべて忘れてしまいたい。

でもどうすればいいのか分からず、のたうつようにゴロゴロ寝返りを打っていると、台所の床に置いてある缶ビールが視界に入った。

アルコールの力を借りてでも、とにかく今は眠りたい。そう思ってビールのところまで這《は》っていく。気力を振り絞って身体を起こし、苦いばかりにしか感じないビールを、薬だと思って空きっ腹に流し込む。

途中で嫌になったが何とか空にした缶を無造作に畳の上に転がし、自分もそのまま寝転がる。

見るともなしに空き缶を眺めていると、初めて朋成とビールを飲んだ日のことを思い出す。

とても楽しくて幸せな時間だった。それなのにいつの間にか眠ってしまい、目が覚めると朋成がいなくて、昔みたいに黙って置いて行かれたと悲しくなった。

朋兄ちゃんがずっと一緒にいてくれたらいいのに、とあの日は思った。

だけど今日は朋成と同じ朝を迎えたけれど、何の感慨もなかった。

やっぱりあの男は朋兄ちゃんじゃない。そう思えて、深い深いため息と共に畳にのめり込みたくなるほど落ち込む。

おじいちゃんが伯母《おば》さんの家に行ってしまってから、話す人もいない夜にはテレビに相づちを打ったりして寂しさを紛らわせていた。

でも朋成に再会してからは、次に会ったら何を話そうか一緒に何をしようかと考えるのが楽しくて、寂しさを感じることなどなくなっていた。だけど――

「また……独りぼっちになっちゃったな……」

ぽつりと漏れた呟きが、静かな部屋の中でやけに響く。

子供の頃は甘えん坊だった一樹だが、父親を亡くしてからは甘えることもなく、友達と遊ぶことすら我慢してきた。何とかなる、大丈夫、と根拠もなく自分に言い聞かせて強がってきた。

そんな日々を乗り切れたのは、心の中に小さくとも温かな思い出があったから。

――夕暮れの迫る小学校の校庭で、一樹は朋成に教えられながら鉄棒の逆上がりの練習をした。

下校時間の迫った校庭に、他の生徒の姿はすでにない。それでも朋成は一樹を置いて帰ったりはしない。

それを当然のように思っていた。

幼かったからとはいえ、高慢だった自分に優しく寄り添ってくれた朋兄ちゃんに、一樹は思うがままにわがままをぶつけた。

「全然できない！　もうやだ！」

「そこまでできればあと少しだよ。今度は一人でやってみて」

「一人じゃできないもん！　朋兄ちゃんが、足をポンってしてくれなきゃできない！」

補助して貰えればできるのに、一人ではできない。蹴《け》り上げた足を後ろに持って行く前に、腕が伸びて鉄棒から身体を離してしまうので、回れずに落っこちてしまう。

「つかれたーっ。手が痛い」

何十回もくり返して、鉄棒を握り続けた手のひらにはまめが出来ている。

痛くて辛くてもうやめてしまいたいけど、明日の体育の授業までにはできるようになりたくて、もどかしさに苛立った一樹は朋成に向かってだだをこねて甘える。

「もうほとんどできてるよ。お兄ちゃんが言う通りにやってごらん。一樹ならできるから」

一樹が前につき出した手を、朋成は白く細い手で癒《い》やすように握って励ましてくれる。

自分より少し大きいけど、おじいちゃんやお父さんとは全然違う手。

その手に触れられると、元気が湧き出てくる。

投げ出したい気持ちを奮い立たせ、できない自分に対してこみ上げる悔し涙を、服の袖《そで》で拭《ぬぐ》って鉄棒に向かう。

「腕は曲げたまんま。鉄棒にお腹をくっつけて、足を後ろに——思いっきり振って！」

朋成の声にタイミングを合わせて、勢いよく足を振れば、くるりと身体が回って自然と足は地面に付いた。

「……できた。できたよ！　朋兄ちゃん！　見てた？　今の見てた？」

疲れも痛みも全部吹っ飛ぶほどの嬉しさに、飛び跳ねて喜ぶ一樹を、朋成は抱きしめて落ち着かせてくれる。

「ちゃんと見てたよ。よくできたね。一樹は、何でもやろうと思えばできるんだよ」

構ってくれる大人達に囲まれて育った一樹は、嫌なことはすぐに投げ出して人にやって貰おうとする癖が付いていた。父親はまだ小さいんだからと甘やかしたが、祖父はそんな一樹を心配していた。

「ボクも、やればできるんだ……。なせばなる、なさ……何とかかんとかだーって、おじいちゃんが言ってた！」

「成せば成る、成さねば成らぬ何事も——だね」

「それ！　なさぬ……ねば？　なさぬね……えっと……何とかなる、なる！」

朋成の言葉を復唱しようとして失敗する、舌っ足らずな一樹の言い方がおかしかったのか、朋成は身体をくの字に曲げて笑い出す。

それを見た一樹は、盛大に唇をとがらせてむくれた。

「何とかなるなる、でいいよ。一樹は、何でもできるんだよ」

こみ上げる笑いを堪《こら》えながら、頭を撫でてくれる。朋成の笑顔は、一瞬で機嫌が直ってしまうほどきれいで、ずっと見ていたいほどだった。

大好きな朋兄ちゃんがいてくれたら、何でもできる。

——だけど、朋兄ちゃんは黙ってどこかへ行ってしまった。

再会できたと思ったけれど、その人は一樹の知る「朋兄ちゃん」ではなくなってしまっていた。

でもそれは、十数年前からずっと時の止まったような村で変われなかった自分と、村を飛びだし大人になった朋成が、同じ気持ちであるはずがないと、気付かなかった自分が馬鹿だっただけ。

深い失望に打ちひしがれるうち、アルコールの回った手のひらが熱くかゆみを帯びてくる。それが冷めてきたら鳥肌が立つほどの寒気を感じ、どくどくと胸の鼓動に合わせて頭まで脈打っているみたいな頭痛が襲ってきた。

苦痛にうめきながらも布団まで這っていき、掛け布団にくるんとくるまれば、寒気だけは

何とかなったが頭痛はますますひどくなる。

「……痛い。痛い、痛い、痛いよぅ」

痛む頭を抱えて、無力な子供みたいに丸まる。頭だけではなく体中の隅々まで、心までが痛い。

それでも泣いたってどうしようもない。泣いていないで前へ進まなければと、分かっているから泣きたくなどないのに涙が溢《あふ》れてくる。

だけどこれは、頭の痛みのせいだ。すべての痛みを押し流すつもりで、涙の流れるに任せた。

明け方の微睡《まどろ》みの中に、屋根を打つ雨の音を聞く。その音をどう感じるかで、一樹はその日の体調が分かる。

残念と感じる日は元気で、嬉しいと感じる日は疲れている。

雨の日には、庭師の仕事は休みだから。

静かな雨音が、今日は格別に嬉しい。一日中寝ていられると、泣き腫《は》らして重い瞼を再び閉じた。

しばらくそうして布団にくるまっていたが、眠気はやってこない。

それにまさしく降って湧いた休みだが、寝潰してしまうわけにはいかない。移植したばかりの木の様子を見てやらなければ。

そう思いついて、昨日の夜は黒松のことすら忘れてしまうほど、ずっと朋成のことを考えていたと気付く。

それほど大切な人を失ったのかと、改めて喪失感に打ちのめされる。

それでも何とか怠《だる》くて重い身体を布団から引きはがすように起こし、合羽《かっぱ》を着込んで真っ先に黒松の元へ向かう。

黒松の伸ばした枝には竹の支柱をくくりつけ、丁字形の支えで補強していた。その幹を抱きしめて硬い樹皮に頬を当てると、しっとり濡《ぬ》れた幹の冷たさが心地いい。

この雨は、植え替えられたばかりの木にとっても恵みの雨。まだ天には見捨てられていない気がした。

「うん……何とかなる、なる。大丈夫だよ。俺が守ってあげるからね」

黒松に話しかけていたが、実際には自分自身に言い聞かせていた。側で支えてくれる人にいて欲しいけれど、自分には誰もいない。

でも、守ってくれる人はいなくとも、守る物のあることが自分を強くしてくれる気がした。

他の木の様子を見回っていて、切り忘れられたのか一本だけひょろりと飛び出た枝が目に留まる。

「あー……あの枝、切っちゃうか」

別に切らなくてもいいのだが、何かしていた方が気が紛れるし、ちょうど雨も小降りになっている。脚立を持ち出して登り、剪定《せんてい》ばさみを持った手を枝へと伸ばした瞬間、脚立がぐっと地面に沈み込む。

掘り返したばかりの土はぬかるんで、足場が悪くなっているのを失念していた。

斜めになった脚立と共に身体が傾いていくのを感じ、体勢を立て直すべく踏ん張ろうとした瞬間、身体の中心に走った鈍い痛みに気を取られて対応が遅れた。

こんな迂闊《うかつ》なミスをするなんてらしくない、と一樹は変に落ち着いた気持ちのまま、どうすることもできずに落下していった。

社長室で書類に目を通していても、いつの間にか携帯電話の方を見ている自分に気付く。

朋成は、鳴らない携帯電話を八つ当たりで乱暴に机の端に払いのけた。

「……くそっ」

自分の無意味な行動に悪態をつきつつ携帯電話を引き寄せ、一樹の電話番号を表示するだけして、また消す。

こんなことを、もう何度くり返しただろう。

一樹が今どうしているのか知りたい。声が聞きたい。でも何を話せばいいのか分からない。何より、電話をしたところで出てくれないだろう。一樹から拒絶されている事実を、再確認するのが怖い。

結局どうすることもできず、朋成は深いため息をついて携帯電話を元の位置へ戻した。

今朝までの出来事を、何度も思い返す。

事の起こりは、一樹に自分の昔の貧乏暮らしを仁志田へ暴露されたこと。

他人に知られたくなかった過去を、よりによって一番信頼していた一樹の口からばらされた怒りにまかせて、報復に庭を潰す決意をした。

そうすれば一樹びいきの志津子《しづこ》が一樹に連絡を取ることは分かっていたので、蜘蛛《くも》のように罠《わな》を張って一樹が来るのを待ち伏せた。

しかし、一樹に自分の怒りを思い知らせてやるつもりだったが、あそこまでするつもりはなかった。

一樹は朋兄ちゃんが好きだと言ってくれた。その言葉を信じたかったけれど、それならば何故朋成の恥になるようなことを他人に言ったりしたのか。

愛《いと》しさと同じだけ怒りがこみ上げて、抑えきれなかった。

一樹の、羞恥《しゅうち》に頬《ほお》を染める様や、怯《おび》えた表情にすら欲情した。初めて聞く甘い声に理性はあっさり蕩《とろ》けて、欲望のままにしなやかな身体を好き放題に貪《むさぼ》った。

童貞の一樹相手にやり過ぎたと気付いたのは、すべてが終わってから。泣き疲れて、怯えた子供のように丸まって眠る一樹の姿に愕然とした。呼びかけにも応じずされるがままの身体を拭き清め、腕の中に抱きしめてベッドに入った。まださっきまでの行為の余韻を帯びた一樹の身体は熱く、小さく吐き出される息はどこか苦しげで、泣き腫らした目元の赤さも痛々しい。

けれど朋成は、ずっと欲しかった人を手に入れた喜びに、満ち足りた気持ちで眠れた。

翌朝、腕の中で一樹がもぞりと身じろぐ気配に目が覚めた。

顔を覗《のぞ》き込めば、一樹はぼんやりとだが目を覚ましていて、それでも自分の腕の中から逃げようとしないことが、胸が熱くなるほど嬉しかった。

でもそれは、ほんの一時のことだった。

一樹の髪を撫でても話しかけても反応はなく、焦点の定まらない瞳《ひとみ》は何を見ているのか、何を考えているのかも分からず不安になる。苛立ちに声を荒げると、やっと口を開いたと思ったら「木はどこか」と、そんなことを訊《き》いてくる。

気遣いを無視されたことに腹が立って投げつけるように放り出した名刺を、一樹は大事そうに受け取り両手で抱きしめた。

「ありがとう、ございます……来島さん」

一樹から「朋兄ちゃん」ではなく「来島さん」と呼ばれたことに、狼狽《ろうばい》した。

朝になって一樹が目覚めれば、怒るか泣くか、あるいはその両方だろうと思っていた。なのに一樹は、泣きもしなければ怒りもしない。予想だにしなかった反応に困惑する。優しい言葉で機嫌を取ろうとしても、朋成の声すら耳に入っていないように無反応。怒って無視をしているのではない。何の感情も湧かないほど、心が凍り付いているのだろう。光が失《う》せたようにうつろな瞳の、無表情な顔——こんな一樹は見たことがなかった。どうすればいいのか分からない。

一樹は衣服を身につけながら、時折どこか痛むのだろう眉《まゆ》をしかめる。大丈夫かと声を掛けたかったが、その痛みを与えた自分がその言葉を口にしていいものか躊躇《ためら》われ、ただ見ていることしかできない。

それでも、こんな状態の一樹に車を運転させて帰すのは心配だった。

「送っていこう。おまえのトラックは後で誰かに持っていかせるから」

話しかけても振り向きもしない一樹の肩に思いきって手を置いてみたが、一樹は振り払うでもなく真《ま》っすぐに前を向いて歩き出す。

まるでその場にいないかの如《ごと》くに無視され、朋成は自分の存在自体を否定されていると気付いて慄然《りつぜん》とした。

一樹の心に、もう自分はいないのだ。

会えなくなっても、ずっと覚えていてくれた。会いたかったと言ってくれた。その一樹の心から、自分が消えてしまった。

『好き』の反対は『嫌い』ではなく『無関心』だ、と聞いたことがある。

嫌うことすらしたくない、それほどまでに完璧な拒絶がこんなに辛いとは知らなかった。

どうすればもう一度、一樹の心に触れることができるのか。

一樹が無事に帰れるか心配で、トラックの後ろから車でついて行く。しかし、それ以上できることはなくて、一樹が家に帰り着いたのを見届けると黙って立ち去るしかなかった。

子供の頃はいつも朋成が一樹のわがままに付き合ってやっていたので、喧嘩などしたことがなかった。悪戯《いたずら》をちょっと強めに叱《しか》り、一樹がむくれて口を利かなくなったことは何度かあったが、それでも三日と持たずに一樹の方が謝ってきた。

今回も庭のことが心配で、向こうから連絡をしてくるのではと期待したが、それもない。

何の妙案も浮かばず、ただ会いたいという気持ちだけが募る。しかし今さら、どの面下げて会おうというのか。

だが、一樹のことばかり考えてしまって、ろくに仕事にならない。連絡を待って二日目で、朋成の方が我慢の限界に達した。

ただ会いたい一心で、一樹の家へと来てしまった。

木の引き戸をノックしてみたが返事はなく、玄関をそっと開けて中をのぞいてみても一樹の姿はない。

トラックはあるので出かけてはいないだろう。植木溜《うえきだめ》になっている裏へ回ってみると、木々の間に人影を見つけた。

タオルを頭に巻いているが、一樹だ。タオルを巻くのはよく職人がやっているのを見るが、一樹は手ぬぐいを捻《ねじ》り鉢巻きにして巻いていた。

珍しいと思って見ていたそのタオルに、不自然な赤い模様が付いているのが目に付いた。

「一樹！　おまえ、血が！」

ほんの数センチの小さな染みだが、明らかに血だ。一樹が頭に怪我《けが》をしたからタオルを巻いていると気付いた朋成は、考えるより先に声が出た。そのまま慌てて駆けよる。

突然の声に驚いて振り返った一樹は、朋成の姿を見るなり嫌そうに眉をしかめた。

嫌悪感をあらわにされても、そんなことに構ってはいられない。傷が心配でもう一歩、近寄って一樹の後頭部の様子を見ようとしたが、きつく睨《にら》みつけられて立ちすくむ。

「怪我をしてるのか？　頭から血が」

「ここ……私有地なんで、勝手に入らないで貰えますか」

鮮血の色に動揺する朋成に、一樹はぶっきらぼうに視線を逸らして退去を迫る。

まるで知らない人としてあしらわれ、朋成は改めて自分が一樹のお兄ちゃんでなくなってしまったことを痛感させられた。

「いつ怪我をしたんだ？　ちゃんと病院へ行ったのか？」

それでもめげずに問いかける朋成を無視して、一樹は今にも枯れ落ちそうにかさかさに乾燥した葉っぱを慈しむように指先で撫でている。

朋成に向けられるものとはあまりにも違う優しい眼差しに、たかが木に嫉妬《しっと》を覚える。それでも今の自分は、一樹にとってその木以下の存在でしかないのだ。

あからさまに無視されても、食い下がるしかない朋成はくり返し質問を続ける。

「いつ、どうして怪我を？　木の植え替えの時か？」

未来造園の塩谷から、移植は問題なく終わったと報告を受けた。一樹が怪我をしたなんて話は聞いていない。塩谷が帰った後のことだろう。

事情を聞いてどうなるものでもないが、知りたい。傷の具合も気になる。

だが一樹は傷の痛みからか朋成への嫌悪感からか、おまえには関係ないとばかりに険しい表情を浮かべるだけで、目を合わせようともしない。

一樹が守ろうとした大切な庭を壊し、彼を陵辱《りょうじょく》した自分は嫌われて当然だ。

しかし朋成は、まだ切り札を持っていたのを思い出す。

「傷が大したことないなら、頼みたい仕事があるんだが。うちの庭を元通りに再生させたい」

意外な言葉に、一樹は初めて顔を上げて朋成と視線を合わせた。

疑いを含んだ眼差しだが、どんな罠が張られていたとしても、あの庭を持ち出されれば反応せずにはいられないのだろう。

切り札をちらつかせて関心を惹《ひ》く。

「築山造園で引き受けてくれないなら、他に頼んで作り直すが」

「……勝手にすればいい」

一瞬、輝いたように見えた一樹の瞳はすぐに陰り、項垂《うなだ》れて投げやりな言葉を吐き出した。

「もう……あんたの言うことなんて、信じない」

涙と絶望を一杯ためたうつろな瞳に、かつてはどれだけ信じていたかを突きつけられ、胸がえぐられるように痛み呼吸すら苦しくなる。

一樹は朋成のことを馬鹿にする気はなく、仁志田にただ昔の話をしただけなのだろう。朋成が貧乏だったのは事実だ。それでも、そのことを他人に話されて自分のプライドは傷ついたのだから、庭を潰したのは当然の報い。一樹は、それを止めるために関係を持つことを同意したのだ。強引ではあったが、取引だった。

そう思うことで、自分を正当化していた。

だがプライドも建前も、もうすべてどうでもいい。今の朋成の心には、目の前で傷つき弱った一樹を庇護《ひご》したい気持ちしかなかった。

「一樹が引き受けてくれるなら、今後一切あの庭は他の者に触れさせない。口約束が信じられないなら、書面に残す。必要なら弁護士を立ち会わせてもいい」

並べ立てられる有利な条件に少し気持ちが動いたのか、再び顔を上げた一樹に、たたみ掛ける勢いで話を続ける。

切り札を切り札として使えないなら、もうすべての札を捧げるしかない。

「おまえの許可なしには、あの庭は一切変えない。雑草一本、抜かせない。約束を違《たが》えたら……あの庭は屋敷ごとおまえにやる」

「何で……何で、そこまで……」

突拍子もない申し出にさすがに驚いたのか、ぼんやりとだが見つめてくる一樹の視線を引き留めたくて、必死に言葉を続ける。

「あの屋敷は、あの庭があってこそなんだろ？」

自分でも、理屈にならない無茶で無理矢理なことを言っていると自覚はある。けれど、とにかく一樹を手元に呼び寄せたい、その一心だった。

「心配なら誰も庭に手出しをしないよう、屋敷に住み込んで監視すればいい」

「……他に仕事がありますから」

断りを口にするが、裏を返せば仕事がなければずっとあの庭を見ていたいということだろう。硬い言葉遣いに警戒を解いていないと分かったが、明らかに一樹の心が揺れているのが見て取れた。

もう一押し。何かないか考え、一樹の嫌がる物を排除すればいいと思い当たる。

「俺はしばらく大阪に出張で、留守にする。おまえが一人で好きにできるぞ」

「……もう、絶対に庭を潰さないって、ちゃんと一筆書いてくれるなら……」

まだ半信半疑ながらも了承する一樹に、朋成は複雑な想いを抱《いだ》きつつも安堵のため息を漏らした。


朋成は、一樹が受けていた仕事は未来造園の庭師を回すよう手はずを整え、住み込みで庭の修復に当たらせるという名目で一樹を囲い込んだ。

世話は志津子に任せることにして、食事は肉中心で部屋は離れ以外ならどこでも使わせるように指示する。

何でも一樹の好きにさせてやりたいが、怪我が治るまで庭仕事はさせられない。一樹に言ってても聞きそうになかったが、志津子に見張りを頼んでおくと「きっちり治るまでさせやしません」と力強く引き受けてくれた。

これで完治するまでは上げ膳《ぜん》据え膳で強制的に養生させられる。

それでも、後ろ髪引かれる思いで大阪に向かった。

『インテリア・カム』は関東中心に店舗展開をしてきたせいで、まだ関西での知名度は高くない。今回の大阪の展示会への出店には力を入れていて、どうしても社長の朋成が行かなければならなかった。

万全を期して出かけたがやはり一樹のことが心配で、志津子に電話で毎日様子を報告させた。

頭の怪我は脚立から落ちて負った裂傷で縫うほどではなく、傷口も塞《ふさ》がりかけてきていると聞いて安心した。

だが一樹はろくに食事もとらず、ぼんやり庭を見つめ続けているという。

あの大食らいが食欲をなくすなんて、やはり庭のこともその後のことも、一樹にはショックが大きすぎたのだろう。

実際に自分の目で様子を見たい気持ちが抑えきれない。

三日間の展示会と二日にわたる商談。そのどうしても外せない仕事が終わると、朋成はまた祖父の健康状態がよくないと口実をでっち上げ、そそくさと大阪を後にした。

来島邸に帰り着いた時刻は、二十一時過ぎ。

朋成にとってはまだ宵《よい》の口だが、早寝早起きな一樹はもう寝ているかもしれない。起きていたにしても、夜間に部屋を訪ねるのは躊躇われる。

連絡も入れずに帰ったので、志津子も屋敷内の自分の部屋へと下がっていた。一樹がどうしているか、見てきて貰うためだけに呼び出すのも気が引けた。

取りあえず、一樹の使っていると聞いた主庭の正面の座敷の様子を廊下から窺《うかが》ってみたが、

明かりは漏れていない。

眠っているなら寝顔だけでも見たかったが、無断で入ったのがバレたらどう思われるか。いっそ天井裏から天井に穴を開けて覗きたいとまで考えてしまうが、考えるだけに止《とど》める。

一樹が寝ているのなら自分もさっさと休んで早起きし、朝に会える機会を窺う方がいい。会えないままでは眠れそうになかったが、風呂にでも入って落ち着こうと風呂場へ向かう。

その途中の廊下を曲がった途端、視界に飛び込んできた一樹の姿に立ち尽くす。

風呂上がりなのだろう、糊《のり》の効いた木綿の浴衣を着ている。ほんの数日前と比べて痩《こ》けた頬に、襟元《えりもと》から覗くくっきりと浮き上がった鎖骨が痛々しいのに、濡れた黒髪と戸惑いに揺れる瞳の艶《なま》めかしさに胸が高鳴る。

お互いに予期せぬ邂逅《かいこう》に驚き、目を見開いて見つめ合う。

一瞬の後に、一樹の方が朋成に向かって軽く頭を下げ、そのまま無言で小走りに脇をすり抜けて行った。

足音が遠のくのを聞きながら、朋成は振り返ることもできずに大きく息を吐く。ついさっき見た一樹の姿を思い返すだけで、心臓は痛いほど早鐘を打つ。

屋敷の住み心地も、怪我はもういいのかとも、何も訊けなかった。

だけど、姿を見られた。同じ屋根の下にいる、それだけで心の中が温かいもので満たされる。

どれほど嫌われても、一樹の姿が見たい、側にいたいという想いは変わらなかった。

十分に手足を伸ばして浸《つ》かれる総檜《そうひのき》の広い湯船は、いつもならくつろぎを与えてくれる。しかし、今夜はまるで落ち着かない。気分を鎮めたくて風呂に入りにきたのに、この湯船についさっきまで一樹が浸かっていたと思うと心が騒ぐ。

昔、一度だけ一樹と風呂に入ったことがあった。

一樹が小学三年生の頃、祖父に大事な宝物を勝手に捨てられたとかで大げんかして「家出してきた！」と日も暮れてから家に押しかけてきたのだ。

「いいなぁ、朋兄ちゃんは……お母さんがいて」

「一樹にはお父さんとおじいちゃんに、職人のみんなもいるじゃないか」

「うん……だけど、お母さんがいたら、捨てられないですんだのに……」

それきり黙って膝《ひざ》を抱いて踞《うずくま》ったまま、一樹は裸足《はだし》の指をにぎにぎさせている。

何月だったかまでは覚えていないが、寒い季節だった。なのに靴下も履かずに跳び出すほど宝物を捨てられたのがショックだったのかと思うと、可哀相《かわいそう》になった。

それにそんな風に縮こまっていると、小柄な身体がさらに小さく儚《はかな》げに見えて、保護欲をかき立てる。

喜ぶ時も怒る時も全力で賑《にぎ》やかな一樹の、妙に静かな態度が気になった。これは怒っているというより悲しんでいるのだろう。

励ましてやりたくて隣に座り、俯《うつむ》く横顔を覗き込む。

「捨てられた宝物って何だったの？」

一樹の好きな物は全部知っているけど、宝物と言うほど大切にしているものがあったとは知らなかった。――一樹のことで自分が知らないことがあるなんて許せない気がした。

優しく問いかけると、涙をためた目でちらりとこちらを見た一樹が口を開き掛けた。ちょうどその時、洋子《ようこ》がやって来て台無しになった。

「一樹ちゃん、お風呂が沸いたから入って。朋成、あなた一緒に入ってあげなさい」

「ホントに？　朋兄ちゃんと一緒にお風呂入っていいの？」

一樹はさっきまでの寂しげな表情から一変して、瞳を輝かせる。

「え？　……いや、一樹はもう大きいんだから、一人で入れるだろ？」

三年生にもなって、一人で風呂に入れないわけがないだろうに。思いがけない展開に戸惑っていると、立ち上がった一樹に腕を引っ張られる。

「一緒に入ろ！　早く早く！」

「……替えの下着とか、ないだろ」

洗ってあるにしても、自分の使い古しの下着を一樹に貸すわけにもいかないが、余分などないと洋子に向かって囁《ささや》いた。

それを聞き止めた一樹は、自分の持って来た鞄《かばん》をごそごそあさる。

「ちゃんと持って来た！　パンツとー、パジャマとー、歯ブラシー！」

しっかりお泊まりセットを持参とは、家出というより泊まりがけで遊びに来たみたいだ。

深刻に悩んでいるのかと、心配してやったのが何だか馬鹿みたいに思えた。

この様子では大した問題でもないのだろうから、帰らせようと洋子に耳打ちする。

「早く帰してやらないと、家の人が心配するだろ」

「お風呂に入ってる間に連絡をするから、さっさとしなさい」

確かに一樹のいる前で電話を掛ければ邪魔しに掛かるか、この家からも跳び出す可能性がある。仕方なく朋成は一樹を風呂に入れることにした。

朋成はもう中学生になっていたが、中学校と小学校は百メートルほどしか離れておらず、一緒に登校していた。下校の時間は変わってしまったが、一樹が朋成の授業が終わるのを校庭で待っていたので、朋成はクラブ活動をせず一緒に帰ってやっていた。

だから毎日共に過ごしていたが、家が近すぎるので互いの家に泊まることはなく、一緒に風呂へ入ったことはなかった。

一樹は、初めての朋成とのお風呂を異様に喜んだ。まだ毛も生えていない前を、隠しもしないではしゃぐ。

男同士なのだからそれが普通なのだが、朋成は何故かきまりが悪くて目をそらした。

身体を泡だらけにして洗う一樹の背中を流してやり、一緒に湯船に浸かったが何となく気てやった。

詰まりだ。以前に銭湯で、他所《よそ》の子供が父親に教えて貰っているのを見て覚えた水鉄砲をし

湯船の中で両手を組み合わせて水鉄砲にしてお湯を飛ばすと、一樹は大喜びした。

「ねぇ、それ、どうやるの？　ねぇってば！」

朋成の膝の上に乗るように身をすり寄せてくる。一樹の日に焼けて黒く光るつやつやした肌の感触に、温かい湯船の中で、ぞくりと肌が粟立《あわだ》つ。

それを悟られまいと、教えてやる振りで距離を取る。

「そんなにくっついたらやりにくいから離れて。ほら、こうやって両手を組むんだよ」

朋成をまねて両手の指を組み合わせて水を飛ばそうとするが、自分の顔にばかり掛かる水しぶきに一樹は無邪気に笑い声を立てる。

楽しそうな一樹を見ているだけで楽しくなる。――いつもはそうだったが、その日は違った。下腹部にモヤモヤした物が溜《た》まっていくような、嫌な気分がした。

自分の中に、何か後ろ暗い感情が芽生えたのが分かったが、その正体はつかめなかった。

風呂を出てからも一樹は朋成と同じ布団で寝る、と朋成にまとわりついていたが、ウトウトと船をこぎ出した頃、洋子から連絡を貰った秀樹が迎えに来た。

出迎えた洋子が、きっちりと化粧を直していたのはさすがだと思った。

ぐずりながらも眠気に負けて抵抗できない一樹を背負い、秀樹はいつもありがとうと朋成

の頭を撫でて帰って行った。

物心ついてから、頭を撫でられた記憶などない朋成は、優しい手を心地よく感じた。だがそれ以上に、一樹を連れて行かれたことを悔しいと思った。

一緒に眠りたかった。けれど、同じ布団でまた密着した状態になったら自分はどうなるのか、何をしただろうか。

意識して考えないようにしたが、その夜に朋成は初めての夢精を経験した。

自覚がなかったのではない、敢《あ》えて目をそらした事実。

――一樹を、友達でも弟でもなく、性的に意識しているということを突きつけられた出来事だった。

過去に思いを巡らせ、つい長湯をしてしまった。

風呂から上がった朋成は、もう眠っているだろうと、再び一樹のいる部屋の様子を奥庭側の座敷からそっと窺ってみた。

座敷の灯《あか》りは消えたままだったが、一樹は主庭を見渡せる縁側に座っていた。主庭に面した縁側は、庭をゆっくり眺められるよう畳敷きの縁座敷になっていた。

一樹はそこで抱えた膝に顎《あご》を乗っけてぼんやり庭を眺めながら、月明かりの青白い光を浴びている。

普段の一樹からは想像もできない儚げなその姿は、声を掛けただけでも消えてしまいそうで、朋成は息を殺して見つめた。

一樹は深いため息と共に、すっと目を閉じる。

閉じた瞼の裏に浮かんでいるのは、かつての美しかった庭か、その庭を愛した父親か。

今、彼の心を占めているものが何とも誰とも分からない。その静かな表情から、自分ではないことだけは確かだと察しがつく。

寂しげな横顔を、慰めたくともそれはできない。

一樹の大切な思い出を、本人の肉体を、傷つけた朋成にそんな資格はないのだから。

おじいちゃんと喧嘩したと怒っては泣き、駆けっこで一等賞になれなかったと悔しがっては泣き——一樹の泣き顔はうんざりするほど見てきた。

でもどうしようもないほど悲しい時には、一樹は泣かない。唇を噛みしめ、ただ悲しみが通り過ぎるのを待つ。

宝物を失ったあの日のように。

あの時は、一緒にお風呂に入って慰めてやれた。しかし今の自分にできることは、黙って立ち去ることだけだった。

「……はあぁーあ」

五月の太陽は眩《まぶ》しいけれど夏ほどの強さはなく、晴れやかに優しい。そんな爽やかな朝の光の下、一樹は盛大なため息をつく。

昨日の夜、朋成と廊下で会った。

突然のことに頭が真っ白になって逃げてしまった。その後、部屋へ来るかもと待ってみたがそんなことはなく、朝になって志津子に訊《たず》ねると、志津子は朋成が来たことすら知らなかった。

会いたさに幻でも見たのかと思ったが、そんなはずない、会いたくなんかないと頭を振っておかしな考えを振り払う。それでも疑問は、後から後から浮かび上がる。

何をしに来たのか、自分に会いに来たのか。

もうどうでもいいはずの人のことなのに、やっぱり考えてしまって心が塞ぐ。何かしていれば気も紛れるのだろうが、その気力も湧かない。

抜かれた木の再移植は梅雨を待つことになり、一樹の植木溜に植えた木の世話は野崎と鈴木に頼んだ。

普段の一樹なら絶対に人任せになどしないのだが、今はきちんとできる自信がなかった。

頭の傷も、もうほとんど塞がったのにいつまでも調子が出ない。

こんなことは生まれて初めてだ。

ここまでずっと何があっても立ち止まらず、ゆっくりとでも先へ進み続けてきた。

だけど今は、どうやって足を前に踏み出していたのかさえ思い出せない。

庭に出てぼんやり石の上に腰掛けていると、このまま苔《こけ》にでもなってこの庭の一部になればいいのにと思ってしまう。

そんな後ろ向きな気分を変えようと、一樹は屋敷の中の探検に出た。

座敷の達筆すぎて読めない掛け軸や、松に鶴が彫られた欄間《らんま》などをつらつら眺めてみるとそれなりに楽しかったが、やはり視線は自然に庭へと向かう。

思えば、こうして内側から庭を眺めることはほとんどなかった。

奥の方の庭は手つかずで元のまま。美しい庭を横目にそぞろ歩くうち、屋敷の端まで来てしまった。

後は離れへと続く廊下だけ。

戻ろうとした一樹だったが、廊下に何か青くて長方形の物が落ちているのに気が付いて立ち止まる。

「……機関車だ」

近づいてみると、それはプラスチック製のオモチャの機関車だった。

拾って手のひらの上で車輪を転がしてみると、カラカラと軽快に回る。落ちていた向きから推測すると、この機関車は廊下の奥から走ってきたらしい。

志津子から、どこの部屋でも好きに使っていいが離れに行ってはいけない、と言われて何だか昔話に出てくる秘密の部屋みたいだと思った。

だけど普通に考えてみれば、この屋敷には志津子以外にも使用人がいるので、離れはその人達の住まいなのだろうと納得していた。

でも、本当にそうなのだろうか。

行ってはいけないと言われた離れへと続く廊下。その向こうには何があるのか、持ち前の好奇心が頭をもたげる。

この機関車は、使用人の子供の物かもしれない。探してたらかわいそうだと心の中で言い訳をして、恐る恐る近づいて屋敷と離れを隔てる扉のノブに手を掛けた。二、三度押したり引いたりしてみたが、鍵が掛かっているらしく扉は開かない。

その場に置いていこうかと手の中の青と黒のカラーリングの機関車を眺めていると、何やら既視感に襲われる。

子供の頃の朋成の家には、オモチャと呼べるものは鉄道模型しかなかった。

誕生日の度に一つずつ増えたので、誰かからのプレゼントだったのだろう。

離れに朋成が子供の頃の持ち物を仕舞っているのかもと考えたが、だとしたら廊下に転がり出ている理由が分からない。朋成が未だにこんな物で遊んでいるとも思えない。

「もしかして、隠し子！　とか？」

父親が子供に、自分が昔遊んだオモチャを与えるというのはあることだろう。朋成に女の影など感じなかったが、女性とは別れて子供だけ引き取り、離れで育てているのかもしれない。

まさか、という思いを強くは否定できない。自分は、朋成のことを何も知らなかったのだから。

朋兄ちゃんは何でも言うことを聞いてくれて、優しくしてくれた。だから、一番愛されていると思い込んでいた。

だけど、それはただの勘違い。信頼すらされていなくて、嘘つき呼ばわりされた。

どうしてそんなことになったのか。ぶち当たった疑問の壁に頭をぶつけたままじっと立ち止まっている、そんな今の状況を打開したい。

朋成のことをもっと知れば、少しは何か分かるかもしれない。

志津子なら離れの中のことを知っているだろうが、秘密を話したせいでクビにでもなったら申し訳ないでは済まない。自分で調べた方がいいだろう。

そう意を決し、手の中の機関車を見つめる。もし離れに近づいたことを咎《とが》められても、これを返したかっただけだと言い訳が立つ。

秘密の部屋の鍵を見つけたようで、久しぶりにワクワクと高揚した気分になった。

取りあえず庭へ回って外から離れを眺めてみると、今日は少しカーテンが開いていたが、中を覗き込むのは失礼だ。

「あっ！　……いったぁ」

窓に気を取られて足下を注意していなかった一樹は、軒先の雨水を排水する雨落ちの溝に足を取られ、見事にすっころんだ。

手に持っていた機関車が壊れていないか確認して顔を上げると、カーテンの陰から色白でふっくらした五十代前後の女性が、こちらを窺っているのと目が合った。

「大丈夫ですか？」

地べたに手をついたまま固まっている一樹に、女性は窓を少し開けて声を掛けてきた。

見たことのない人だが、口調も顔つきも優しそうな人だ。エプロンを着けているところを見ると、ここのお手伝いさんなのだろう。

何か話しかけようとしたとたん、女性は室内の誰かに呼ばれたのか後ろを振り返る。

「いいえ、朋成さんじゃないですよ。――えっと、あなたは？」

再びこちらに視線を向けた女性に、一樹はとっさに機関車を差し出す。

「あの！……これを、あの、そこの廊下で拾って……」

「あら、茂《しげる》さん！　脱走機関車が見つかりましたよ」

「……茂さん？」

室内に向かって弾んだ声で報告する女性が口にしたのは、聞き覚えのない名前だった。

廊下の扉から一樹が招き入れられた離れの室内は、やはりフローリングの床の洋室だった。しかしそれは洋風がよかったからというより、畳では縁の部分のでこぼこが邪魔になるからフローリングにしたというのが正解だろう。

一樹は、部屋に無数に走る鉄道模型のレールを見てそう思った。

立体交差に鉄橋に踏み切り――十二畳くらいの部屋の半分ほどに複数のレールが敷かれ、列車に新幹線に機関車まで走っている。壁際の天井まであるコレクションボードにも、色も形もとりどりのミニチュア列車が飾られていた。

見ているだけで楽しくて、少年に還ったみたいな高揚した気分になれる部屋だ。

「朝食を下げる時に廊下に出てしまったのね」

「いやあ、こいつはほんによう走る。ああ、そこの子、ありがとうな」

手渡された機関車を嬉しそうに受け取った、この部屋の主であろう「茂さん」は、白髪頭の八十歳ほどの老人だった。

レール全体を見渡せる場所に置かれた、大きめのリクライニングチェアーに背中を丸めて、ちんと座っている。

「あなたは朋兄……朋成さんの、おじいちゃん？」

「うん？　そうじゃよ。あんたはあれか？　朋成の友達か？　朋成は友達放ったらかしてどこ行ったかね」

朋成を探してかきょろつく茂に、先ほどの女性が朋成さんは昨晩の内に帰られましたでしょと優しく言い聞かせている。

この人はお手伝いさんではなく、茂のための介護士さんのようだ。

「そうじゃったか。せっかく遊びに来てくれたのになぁ……あんた、どこから来なさった？」

「あの……俺は今、ここにお世話になってて……。朋成さんとは北山辺《きたやまべ》村で知り合ったんですけど……」

朋成とはもう友達でも何でもないと言いたかったが、茂相手にする話ではないので言葉を濁す。

「ああ、北山辺か。そりゃあ朋成が世話になったな。……馬鹿息子があの子を放ったらかしよっても、この貧乏垂れのじじいは何もしてやれんで……こんなもんを送ってやるしかのうて……」

茂の言葉に、朋成の家にあった機関車はこの人からのプレゼントだと分かった。

朋成が正妻の子でなくとも、可愛い孫であることに変わりはなかったのだろう。孫の窮《きゅう》境《きょう》を知っていながら援助してやれなかったことを悔やんでいるのか、茂は曲がった背中をさらに丸めてじっと手の中の機関車を見つめる。

一樹はそんな茂を励ましたくて、明るい笑顔で茂のしわくちゃな手を握る。

「おじいちゃんは他にも新幹線とか一杯贈ってくれたでしょ？　朋兄ちゃん、すごく喜んでたよ！　俺も一緒に遊ばせて貰ってたんだ！」

朋成が自分からそれらで遊ぶことは、一樹が知る限りなかった。それでも大切な物だという扱い方をしていたので、一樹も壊したりしないよう気をつけて遊んだのを覚えている。

「……そぉか……朋成はそんなに喜んじょったか」

目元の深い皺《しわ》に涙をためて喜ぶ茂に、一樹も何だか嬉しくなった。

それから、一樹は茂に請われるまま、朋成の子供の頃のことを話して聞かせた。

一緒に学校へ通ったこと、校庭で鉄棒を教わったこと。一樹の話に、茂は目を細めて何度も頷きながら楽しそうに微笑《ほほえ》む。

こうやって話していても、朋成との思い出は楽しいものばかり。悪口なんて思いつきもしない。どうしてあんな誤解を受けてしまったのか、怒りより悲しい気持ちの方が強い。

それでもおじいちゃんに悲しい顔は見せたくなくて、一樹は楽しい話をし続けた。

お昼時になったのも気付かず話し込んでいたので、一樹を探しに来た志津子に離れに入ったことがバレた。

怒られるかと思ったが、ずっとふさぎ込んでいた一樹が笑顔を見せたことに安心したのか、志津子は昼食を茂と一緒に食べられるよう離れに用意してくれた。

食事をしながらもひとしきり一樹から話を聞き出すと、茂は今度は自分のことを話し始めた。

茂は、駅まで車でも三十分はかかる田舎町で牧場を営んでいたという。しかし経営は厳しく借金がかさみ、妻も息子の勝《まさる》も出て行ってしまった。

勝が結婚したことすら知らずにいたが、朋成のことは彼の母親の洋子からその存在を聞かされた。

籍を入れて貰えず、幼子を抱えて生活に窮しているという援助を求める手紙を貰ったのだが、ない袖は振れぬ。生き物相手の酪農の仕事ではそうそう休みを取って会いに行ってやることもできず、孫の誕生日の度に僅《わず》かばかりの小遣いと鉄道模型を送ってやるのが精一杯だった。

しかし、朋成に祖父の想いはちゃんと届いていた。

社会人になってから、朋成は自分から祖父に会い来た。

収入の見込めない酪農の仕事は諦《あきら》め、細々と畑仕事などしてつましい暮らしをしていた祖父に、恩返しをしたいとこの別荘へ招いてくれたという。

「わしは子供の頃から汽車が好きでな。けど田舎者の、汽車にもよう乗られんような貧乏暮らしで……じゃから朋成は、こんな年寄りのために、庭に小《ち》っこい機関車まで走らしてやろうなんてな。優しい子じゃろう？」

「……庭にって……ここの？」

茂が言っているのは、公園や広場のイベントなどで見る、小型ながらもきちんと線路を敷いて、人が乗って操縦できるミニ機関車のことらしい。

「けどな、一樹君、これは内緒なんじゃけど……朋成には好きな子がおってな。その子から庭を潰さんでくれと頼まれたんで、この部屋を走らす汽車で我慢してくれってな」

そう言って、茂は部屋中に走る鉄道模型を指さした。

グルグルとレールを走り続けている列車を見ながら、一樹は一度に入って来た情報に頭がパンクして自分の目も回っている気がした。

朋成が庭を潰したがったのは祖父のためで、だけどそれを好きな子のために諦めてくれと言った。

好きな子というは、自分のことのように思える。

朋成の想い人が自分かもしれないなんて、考えただけで頬がかあっと熱くなる。そうであって欲しくて、祈るような気持ちで問いかける。

「そ、その朋兄ちゃんの好きな人って、誰？　名前とか、聞いた？」

思わず詰め寄る一樹に、茂はマイペースにのんびりと考え込む。

「さぁてなぁ……名前も知らんし、会《お》うたこともないが……大根菜飯なんぞ作る古風な娘さんじゃから、恥ずかしがり屋さんなのかもしれんな」

「大根菜飯って……大根の葉っぱとじゃことか入ってる、あれ？」

「うん？　そうじゃよ。ありゃあ美味《うま》かったねぇ。デートの時に貰ったんか、このじじいにも持って帰ってきてくれて……ありゃあ美味かったねぇ」

意外な話に心臓が早鐘を打って、身体中の血管に血がぎゅんぎゅん流れているみたいに感じてくらくらする。

「朋兄ちゃんの好きな人は、日本庭園が好きで、大根菜飯が得意……」

一樹が初めて朋成を家に招待した日、お土産に渡した大根葉ご飯のおにぎり。それを茂にあげたとしか思えない。

朋成が自分を好きだとしたら、何故自分を信じてくれなかったのか、どうしてあんなにひどいことをしたのか。いや、自分を好きなんてただの勘違いで、他にもそんな人がいるのかも。

「うん？　あんた、朋成の友達か？」

「はい？」

どんどんわけが分からなくなって考え込んでしまっていた一樹は、茂からの突然の問いかけに首をかしげた。

「あの子と遊びに来てくれたんか。朋成はええ子じゃろぉ。こんな年寄りのために、庭に機関車を走らせてやろうってなぁ。けどわしはほれ、このちっこいレールを走る汽車が好きでなぁ」

「ああ、えっと、いいよね。機関車、格好いいもんね」

茂は、どうも少々認知症が始まっているようだ。同じ話をくり返しだしたが、村のお年寄りにもよくあることなので、一樹は笑顔で話を合わせる。

「それになぁ、知っとるか？　あんた。朋成にゃあ、好きな女の子がおるんじゃ」

こっそりと孫の秘密を打ち明ける嬉しそうなおじいちゃんに、女の子じゃないかもしれないよとは言えず、一樹は黙って孫自慢の聞き役に回った。


扉越しに、弾《はじ》けるような笑い声が漏れてくる。

久しぶりに聞く一樹の明るい声。その空間に自分は受け入れて貰えない。そう分かっているので気が重かったが、いつまでも逃げてはいられない。

朋成は意を決してノックをし、鍵を解除して離れの扉を開けた。

「おお、朋成。お帰り。お友達が来とるぞ」

「……お帰りなさい」

「ただいま」

二人で列車を走らせて遊んでいたらしい。一樹は茂と向かい合い、鉄道模型のレールを挟んで座っている。

満面の笑みで迎えてくれる茂とは対照的に、一樹は笑顔を消して身構える。それでも、小さな声でだが挨拶《あいさつ》をしてくれた。

茂の手前、無視するわけにはいかないからだと分かっていても、一樹に声を掛けて貰えた、たったそれだけのことで、羽が生えたように身体が軽く感じられる。

久しぶりの一樹との対面に、緊張して強ばっていた身体がスムーズに動く。張り巡らされたレールを踏まないようにまたいで、茂の隣にしゃがみ込む。

「今日の体調はどう？　咳《せき》はもう出ない？」

「ああ。もうずっと咳は出ん。……ん？　今日はお友達と一緒か？　一樹君だったか。また遊びに来てくれたんか」

「はい。お邪魔してます」

ついさっきまで一緒に遊んでいたのだろうに、そのことを忘れている茂に一樹は戸惑うこともなく話を合わせる。伊達《だて》に年寄りに囲まれて暮らしてきたのではないと分かる、手慣れた対応だ。

——昨日、志津子から電話で、一樹が離れの祖父の部屋へ入ったと聞かされた。

悪気があったわけではなく、偶然のことだから一樹を叱らないでやって欲しいと懇願されたが、叱るつもりはなかった。

ただ、二人がどんな会話を交わしたかは気になる。

仕事の都合をつけ、みんなで一緒に夕飯を食べることにして離れを訪れた。

茂がいる部屋の隣の部屋のテーブルに、茂の身体を考慮した柔らかな鶏挽肉《とりひきにく》と豆腐のハンバーグや青菜のごま和《あ》えなどの和食が調えられる。

その間も一樹は、茂には話しかけるが朋成に話題を振ってくることはない。だが時折、盗み見るみたいにそっと視線を向けてくる。

怯えも怒りも感じない、問いかけるような瞳。

あの瞳で見つめられながら訊かれたら、キャッシュカードの暗証番号だってすらすら喋《しゃべ》ってしまうだろう。

それでも一樹から話しかけてくることはなく、朋成も何の話をすればいいのか思いつかず。

お互いに話しかけるタイミングを計りかねているのか、言葉を交わすこともないままに夕食の席に着くことになった。

一樹と茂が隣り合い、朋成はその向かいの席に座る。

「一樹……怪我はもういいのか？」

「怪我？　一樹君、怪我しとるんか？」

「この前、ちょっとね。もうかさぶたになってる。ほら、ここー。『怪我』で『毛が』剝《は》げちゃったの」

一樹は茂に向かって後頭部を指し、冗談を交えて笑いながら髪をかき分け傷跡を見せている。

　年輩と話すことが多いせいか、一樹の冗談は少々親父《おやじ》ギャグ気味だ。だが茂にはちょうどいいようで、そりゃ大変だと可笑《おか》しそうに笑う。

　朋成からは見えないが、茂の反応から察するに傷は大したことがないのだろう。気に掛かっていたことの一つを確かめられて、小さなとげが抜けたようなささやかな安堵感にホッと息をつく。

　朋成も一樹も、互いに茂を介して不自然な形ではあったが、久しぶりに会話ができた。ずっと食欲がなかったのか目に見えて痩《や》せた一樹だったが、今日は茂と喋りながら普段通り食べているようだ。

　朋成もこのところ食が進まず、何を食べても砂を噛むような心地だったが、今日は美味《おい》しいと感じられた。

「茂おじいちゃんは、大根菜飯が好きなんだよね？　俺も作れるから、今度作ってあげるね」

　茂に話しかける一樹の言葉に、朋成は思わず飲んでいた味噌汁《みそしる》を吹き出しそうになる。

　初めて一樹の家に行った日に一樹が作ってくれた、大根葉のおにぎりがあんまり美味しかったので、祖父にも食べさせてやりたくて貰って帰った。

　田舎育ちの祖父は、こういった野菜を使った素朴な味が大好物だったので喜んでくれて、あんまり褒めるのでつい自分の好きな人が作ってくれたと自慢した。

その話を当の本人にされてしまうとは、夢にも思わなかった。

茂相手の何気ない会話を装っているが、明らかに朋成に向かっての言葉だろう。一樹の方を見ると、向こうも朋成の様子を窺うようにじっとこちらを見ている。

腹の探り合いをする二人の不穏な空気にも気付かず、茂だけがそれは楽しみだと笑っていた。

食事がすむと、あまり話し続けて茂を疲れさせてはいけないので、一樹と朋成は茂の部屋を後にした。

「……お茶でも、飲んでいく？」

まあ、あんたの家で俺が言うのも変だけど、と独り言を続けながら返事も待たずに自分の部屋として使っている座敷へ向かう一樹に、朋成は黙って付いていく。

座卓に向かい合わせで正座し、二人して無言で一樹の入れた日本茶をすする。

したことはないが、この緊迫感はまるで見合いのようだと思う。

ふすま一つ隔てた続きの間が寝室になっていて、もう床も延べてあるだろうと思うと落ち着かない。

「一樹……」

「ん？」

「その……怪我は、どうなんだ？　本当にもういいのか？」

話をしないのも気まずいが何の話題も思いつかず、食事の際にも訊いた怪我の話をまたくり返してしまう。

「よく分かんない。自分じゃ見えないもん……見てみれば？」

それは同じことを何度も問われて鬱陶しいから言っただけか、近づいて触れてもいいという意味か。

後者であることを祈りながら一樹に膝行《いざ》り寄り、傷のあるだろう辺りに手を伸ばす。触れた瞬間に一樹は身体を強ばらせたが、振り払うことはなくじっとしている。

これまで当然のように触れてきたが、もう二度と触れさせては貰えないかと思った一樹の髪を、そっと指で梳《す》く。

しっかりと腰があるけれど柔らかい髪に、顔を埋めて眠った日のことを思い出しそうになり、そんな場合ではないだろうと自分を戒《いまし》めて傷を探る。

「何か……毛がなくなっちゃってるでしょ？　このままハゲちゃうかな……」

「ハゲる」というのは、男にとって非常に気になる事態。

茂の前では明るく振る舞っていた一樹だが、自分で見て確認できないから不安らしい。

力なく呟く、しょげた声が胸に痛い。

髪をかき分けてしっかり確認すると、微《かす》かに盛り上がって硬くなった部分が指に触れた。1センチほどだが、その部分は確かに毛がなくなっている。このかさぶたが取れてもこのまま毛が生えてこなかったら、と心配なのだろう。

「大丈夫だ。小さな傷だから、すぐに傷跡も目立たなくなるよ」

自分でも確認したくなったのか後頭部に手をやり、傷跡を触ろうとした一樹と手が触れ合う。

慌てて引こうとした朋成の手を、一樹はそのまま押さえ込むようにして握った。その手を引っ張られて、朋成は至近距離で向かい合う形で座らされる。

「一樹？」

「……どうして、ここに茂おじいちゃんが住んでるのを隠してたの？　どうしておじいちゃんのために庭を変えたいって言わなかったの？」

一樹は緊張しているのか、痛いくらいに力を込めて手を握ったまま問いかけてくる。

一樹の体温を手に感じながら、大きな目でじっと真っすぐに見つめられると、下手な言い訳など何も考えつかなくて、ただ素直に答えるしかない。

早まる鼓動を抑え、姿勢を正して一樹と向かい合う。

「隠すつもりではなかったが、庭に機関車を走らせたいなんて子供っぽいと思われそうで言えなくて……。何より、祖父のためと知ったら、おまえは反対できなかっただろ？」

父親の設計した大切な庭だが、身体が弱って外出が難しい老人を自宅で楽しませたいという事情があると知れば、一樹は庭を変えないで欲しいと言えなかっただろう。

「俺……何にも知らなくて……ごめんなさい」

朋成を慮《おもんぱか》ることなく自分の事情を押しつけた、と自分の配慮のなさを反省してか肩を落とす一樹の気持ちを慌てて引き立てる。

「俺が言わなかったんだから、知らなくて当然だ。それに祖父はそんなに大がかりな物はいらないと言っていて……だから、俺のただの自己満足で、自己顕示欲でやりたかっただけなんだ」

祖父にいいところを見せたくて、そのせいで一樹を振り回してしまった。自分の器の小ささに身の縮む思いだ。

情けなさに俯くと、自分の手を握っていた一樹の手が緩む。

そのまま振り払われるかと思ったが、一樹は今度は優しくそっと包み込むように朋成の手を握り直した。

「茂おじいちゃんは、朋兄ちゃんのことすごく優しくて、自慢の孫だって喜んでたよ」

一樹の柔らかな笑みが胸の中にすっと入ってきて、緊張に凝り固まった心をほぐしてくれる。何より一樹から「朋兄ちゃん」と呼ばれたことが、息が詰まるほど嬉しくて思わず目頭が熱くなるほどだった。

一樹の朋兄ちゃんでいられるなら、どんな質問にも答えようと、朋成はこれまでの経緯を話し始めた。

茂は自宅で一人暮らしをしていたが、寄る年波で身体が弱って寝込むことが多くなった。さらに認知症も始まり、時折だが徘徊《はいかい》をするようになってしまった。

仕事の忙しい朋成が直接面倒を見てあげることはできないので、二十四時間の看護をつけたが、茂の自宅ではふとした拍子に抜け出してしまう危険性があった。外をふらふら歩き回って、事故にでも遭ったら取り返しがつかない。

そこで出入りできる扉が一つだけの、この屋敷の離れを改装して祖父を呼び寄せたのだ。ここなら万が一部屋の外へ出てしまっても、敷地はすべて塀に囲まれているので安心だ。

「だからあの扉には鍵が掛かってたんだ」

一樹は、祖父が閉じ込められているのかと心配していたらしい。納得した様子で息をついた。

「それで、あいつは……仁志田って人とは、どういう関係なの？　あいつは朋兄ちゃんになんて言ったの？」

一樹はそれがずっと知りたかったのだろう。矢継ぎ早に質問攻めにされる。

ことの発端になった張本人についてだ。知りたくて当然だろうと朋成もできるだけ詳しく教えてやる。

「あいつは老舗《しにせ》家具メーカー『ニシダ』の息子で、桜子《さくらこ》の縁談相手だったんだ」

「桜子さんに振られた腹いせで……あることないこと言ってきたのか」

憤慨する一樹に、少し違うと訂正を掛ける。

「振られる以前に、口を利いたこともないはずだ。奴と桜子が同じ大学だったのは本当だが、桜子はあの通り、性格はともかく美人だから取り巻きの男が山ほどいて、近寄れなかったんだろう」

仁志田は元々思い込みの激しい性格だったのか、ちょっと目が合った程度で桜子を運命の相手で未来のお嫁さん、と勝手に決めてしまったようだ。

それでも自分から近づくことはできなくて、親に泣きついたらしい。

「家柄を活かして縁談を持ちかけてきたのに、桜子の母親が飛びついたんだ。『ニシダ』はよくない噂が絶えない企業だが、うちみたいな成り上がりじゃなく老舗だからな」

『インテリア・カム』の娘とくれば、結婚相手として好都合と思ったのだろう。仁志田の親は息子と桜子を結婚させて、両社で業務提携をしたいと強引に話を進めてきた。

世間知らずの佐緒里《さおり》は、老舗企業と縁続きになれるなんて願ってもない、と娘の縁談を勝手に受けてしまった。

しかし提携とは名ばかりで、実際は乗っ取られるのが分かりきっている。

何より桜子にはすでに恋人がいて、政略結婚などする気はさらさらなかった。

だから乗っ取られればお払い箱が確実の役員達は桜子の駆け落ちを手助けし、朋成を社長に祭り上げて『ニシダ』の企《たくら》みを阻止したのだ。

「桜子さんってば、格好いいなぁ」

家も地位もすべて捨てて愛に走った桜子に感動する一樹に、桜子が自分の分の遺産だけでなく本宅の金目の物まで根こそぎ持っていった、ちゃっかり者の業突く張りであることは黙っておくことにする。

「仁志田の脳内では、桜子は芸能界に憧《あこが》れた純真な心を、悪い男に利用されているらしい。白馬の王子な自分が哀れな歌姫を颯爽《さっそう》と救い出し、過去の貧しさから姉を妬《ねた》んで追い落とした極悪非道な弟から会社を奪い返す、という物語を熱く語ってくれたよ」

仁志田とは業界の集まりなどで顔を合わせたことはあったが、直接会話したことはなかった。

それが約束も取り付けず、突然会社に押しかけて宣戦布告をしてきた。

朋成は過去の暮らしを一切隠していた。それが貧乏を恥じてのことと嗅《か》ぎ取った仁志田は、朋成の弱みを握ったと強気に出たらしい。

商才はまるでないくせに、おかしな感覚だけは鋭いと感心させられた。

仁志田は親の会社に入ったものの、手を出した企画すべてを失敗させ、親からも見限られそうだと聞いていた。

だから何とか桜子を手に入れて、『インテリア・カム』の乗っ取りを成功させようと躍起になっているのだろう。

「なんでそんなこと言われっぱなしにしてたの！」

ドリーミングな妄想に怒る一樹の気持ちはよく分かるが、実際に目の前で語られると馬鹿馬鹿しすぎて反論する気も起きないものだ。

それよりも、子供の頃に貧乏暮らしをしていたことを知られ、あまつさえその情報源が一樹だったことの衝撃で頭が一杯になってしまった。

好きにしろと仁志田を追い返し、怒りにまかせて一樹への報復に庭を潰すよう手配した。自分勝手な思い込みで最悪なことをしてしまった。切っ掛けは仁志田だが、悪いのは自分だ。

それに、仁志田なら十二分に天罰を食らうと分かっている。

「現実の見えてない奴には、何を言っても無駄だ。仁志田には自分の目で現実を見させるのが一番だろう。チケットを渡してくれてよかったよ」

「でもっ、桜子さんに迷惑が掛かるよ。ライブがむちゃくちゃになっちゃったらどうするの？」

「ライブなら、元からめちゃくちゃだから気にするな」

桜子ならライブに闖入者《ちんにゅうしゃ》など現れれば、むしろいい余興だと喜ぶだろう。

そこで例の妄想をわめき立てれば、仁志田が物理的あるいは心理的に血の涙を流す展開になるのは確実だ。

下手に朋成が何かするより、ずっと素晴らしい制裁を与えてくれるだろう。

「桜子から、再起不能になるレベルで罵倒《ばとう》されるなり殴られるなりしてくればいい」

桜子の夫は、ステージ上では人の十人も殺しているのではと思えるほど凶暴で、ボルテージが上がると楽器を壊しメンバーに襲いかかり、観客席にワインをぶちまける。

しかしステージを下りてメイクを落とすと、優しい顔と柔らかな立ち居振る舞いで、職業は保父さんと言われたら何の疑いもなく信じてしまいそうな好青年だ。

桜子は彼の、ステージでの姿と普段のほんわかしたギャップに惹かれたのか。とにかく、ステージ以外ではてんで頼りない夫を支えるのが桜子の生き甲斐《がい》らしい。

その愛する夫や音楽を冒瀆《ぼうとく》した者はどうなるか。想像しただけで溜飲《りゅういん》が下がる。

敵と認識した者に容赦はしない、桜子のそういう部分には自分との血のつながりを強く感じる。

「あのさ……桜子さんって、どんなジャンルの音楽やってるの？」

何やら物騒な話に、一樹は怪訝《けげん》そうに首をひねった。

「一度だけライブに行ったが、白塗りのメイクでアンチジーザス・クライストなんて絶叫していたな。ロックだかメタルだか知らないが、怪しすぎてついて行けなかった」

あれだけ美人でスタイルもいい桜子なら、少々歌が下手だろうが人気が出るはず。だが見た目ではなく音楽で評価して欲しい、と桜子は元の造形が分からないほどの奇抜なメイクをしている。

仁志田ならその姿を見ただけでも、ショックで倒れかねないだろう。

とにかくそういうわけだから桜子のことは心配ないし、仁志田がまた自分達に迷惑を掛けに来ることもないと一樹を安心させた。

それで一樹も桜子のことは理解できたようだが、肝心の自分が朋成の悪口を言ったという話には納得がいかないらしい。

「桜子さんのことは分かったけど、俺は朋兄ちゃんが貧乏だったなんて言ってないよ？」

それなのにどうして誤解を受けたのか、とはっきりした釈明を要求する。

朋成としてもきちんとしておきたかった話なので、一樹と真摯《しんし》に向き合う。

「俺が破れた靴下を履いていた話をしただろ」

「朋兄ちゃんは、破れた靴下を履いてたことなんてないじゃない。ちゃんと繕ってあったよ」

不思議そうに首をかしげる一樹に、もどかしさを覚える。頭を抱えたいのを我慢して、根気よく説明する。

「だから、それが破れた靴下を繕って履くような貧乏生活だった、と言ったも同然だと言ってるんだ」

直接的ではなかったが、貧乏だと言ったも同じ。実際に仁志田には、お菓子も靴下もろくに買って貰えない貧乏人だったのだろうと馬鹿にされた。

だが朋成の主張に、一樹は不審げに眉を寄せる。

「なんで？　靴下が破れたらお母さんが繕ってくれるものでしょ。うちは繕ってくれるお母さんがいなかったから、捨てるしかなかったけど……」

一樹は早くに母親を亡くし、まったく女っ気のない家庭で暮らしてきた。周りにいるのも、物を大切にする世代のおばあちゃんばかり。

だから女性なら誰でも裁縫ができて、靴下の穴も塞いでもらって履くのが当たり前、と何の疑いもなく信じていたとしても不思議はない。

不思議はないが――無邪気な思い込みにがっくりと肩の力が抜ける。

「繕ってある靴下なんて……貧乏くさいだろ」

今時は、子供の靴下なんて汚れはひどいしすぐに成長して履けなくなるしで、繕う親などまずいない。他人の靴下を気にして見ていた朋成だったが、学校で自分以外に繕った靴下を履いている生徒を見たことがない。だから、ひた隠してきた。

「貧乏くさくたっていいじゃない。穴が開いても、捨てたくない靴下だってあるよ」

「たかが靴下にそんな――」

大げさすぎると破顔しようとした朋成に、一樹は驚くほど真剣に食ってかかる。

「鳥獣戦隊ギーガマンの靴下！　先っぽが破れたからって、おじいちゃんが勝手に捨てちゃったんだ」

『鳥獣戦隊ギーガマン』——一樹が大好きだった特撮戦隊ヒーローは、確かそんな名前だった。

一樹はそのグッズを大切にしていたが、大げさすぎるほどの一樹の憤りに、そんなに好きだったのかと驚くと同時に呆《あき》れる。

「おまえ……昔、宝物を捨てられたと家出してきたが、もしかして靴下を捨てられて家出したのか？」

「たかが靴下でも……俺には、宝物だったんだ」

一樹にも靴下ごときが宝物だなんて、恥ずかしい気持ちがあったから内緒にしていたらしい。

確かに話を聞いた朋成も、家出騒動の発端がキャラクター物の靴下か、とあまりのくだらなさに打ち拉《ひし》がれる。

しかし、朋成は叫びのような一樹の言葉に顔を上げた。

「あれは、お母さんが買ってくれた靴下だったんだ！」

一樹はまだ四歳の時に亡くなった母親のことを、あまり覚えていなかった。

けれど両親に連れられて行った遊園地の戦隊ショーのことはよく覚えていて、そこで靴下を買って貰ったことがとても嬉しかったのだという。

「サイズが大きすぎて、まだ履けないから駄目だってお父さんは言ったけど、お母さんはすぐに大きくなるからって買ってくれた。あの靴下は、お母さんに買って貰ったって、俺が覚えてる唯一の物だったのに」

その靴下が履けるほど成長した息子の姿を、見ることなく亡くなった母親。その人を想う一樹の気持ちは、察してあまりある。

泣くまいとしてか、きつく唇を噛みしめる一樹の方に腕を伸ばす。

嫌がられるかと内心びくつきながらもそっと頭を抱き寄せると、一樹は抵抗せずそのまま朋成の胸に額をつけた。

「お母さんがいてくれたら、あの靴下も繕ってくれただろうな……」

「一樹……母親は、女の人は、みんながみんな裁縫ができるわけじゃないんだよ」

近所のおばあちゃん達もみんなできるよと不思議そうに見上げてくる一樹に、苦笑いが漏れる。

「朋兄ちゃんのお母さんも繕ってくれてたじゃない」

「あれは……自分で繕ってたんだ」

「え？　どうして？」

「あいつは料理はできたが、裁縫も洗濯も掃除も何もできないし、する気もなかった。自分の着物は買っても、子供の靴下一枚を買い渋る女だった」

勝は妻に首根っこを押さえられていて、自由に愛人に貢ぐことはできなかったようだ。

それでも佐緒里も世間体を気にしてか、朋成の養育費だけは十分な額を支払ってくれていた。

しかし、養育費は朋成のために使われることはなく、洋子の着物やエステ代へと消えた。

さすがに服は破れたり汚れたりして着られなくなれば買って貰えたが、目立たない靴下や下着は破れてもなかなか買って貰えず、朋成が自分で繕ってごまかすしかなかった。

それでもそれができる年齢になるまではどうすることもできず、周りの子供達から貧乏神だの何だのと思い出すのも嫌なほどひどい言葉でいじめられた。

大人達すらいじめられている朋成を見ても、何処《どこ》で知ったのか朋成の素性を持ち出し、愛人の子でろくな躾《しつけ》もされていないからいじめられるのだ、と朋成の方を悪者にした。

だから裁縫を覚えた。北山辺へ引っ越してからは学校で体操着などに着替える際も、クラスメイトに繕ってある靴下や下着を見られないよう注意をした。大人の前では礼儀正しいよい子を演じる。

そうやって、自分の身を守って生きてきた。

ただ、いつでもどこでも一緒にいたがる一樹の前では、気が緩んで見られていた。でも一樹はそんなことを誰かに言いふらすこともない、と分かっていたので気にしなかった。

それが破れた靴下を馬鹿にして仁志田と笑いものにしたと勘違いし、激昂《げっこう》して理性を失ってしまったのだ。

勝手な言い訳だが、一樹だけはと信じていたのを裏切られた気がして、耐えられなかった。でもすべて自分の思い込み。一樹には悪気がなかったどころか、洋子を悪く言われて庇《かば》おうとしたのだろう。

「一樹は、俺のお袋が料理や裁縫の上手ないい母親だったと言いたくて、靴下の話をしたんだな。でもあいつは……本当にいい母親なんかじゃなかった」

朋成が父親の遺産を相続する際に、洋子の望む銀座の一等地に店を持たせることを条件に、一切の関係を断った。

振りきった過去に、こんなことで煩わされることになろうとは思わなかった。

「でもっ、でも、おばさんはいつも、優しくて……他人の俺にあんなに優しくしてくれたのに、どうして朋兄ちゃんには優しくしてくれなかったの？」

「それは、おまえが金持ちの家の子だったからさ」

洋子は勝から思うように金を巻き上げられないので、他の金づるを探していた。秀樹もターゲットの一人で、だからその息子の一樹の前では良妻賢母になれる女を演じていたのだ。

秀樹は寡黙な職人というより物静かな学者といった風情の穏やかな人で、簡単に手玉に取れると思ったのだろうが、幸いにも亡くなった妻一筋だったので洋子の毒牙《どくが》に掛からずにすんだ。

「お袋にとって一番大切なのは、自分だった。あいつは俺の親父と結婚できなかったんじゃゃない。愛人として生きることを、自分から選んだんだ」

洋子の愛した人がたまたま妻帯者だった程度に考えていたのだろう一樹は、驚きに目を見開く。どういうことかと訊きたそうで、でも訊いていいのか戸惑っているらしい一樹に、朋成は事実だけを淡々と語ってやる。

「親父は高校を卒業してすぐに無一文で田舎から出てきて、小料理屋に勤めていたお袋と知り合って紐《ひも》になり、お袋の金で大学を出た。それから金持ちにすり寄って気に入られ、その娘と結婚して今の地位を築いたんだ」

「そ、そんな！　それじゃ、おばさんは利用だけされて捨てられたの？」

洋子に同情して顔を曇らす一樹に、あいつはもっと強《したた》かだと鼻で笑う。

「お袋は全部知ってたさ。知った上で、親父をのし上がらせるために金持ちのお嬢さんと親父を結婚させた。そして……自分が捨てられない保険のために、俺を産んだんだ」

「そんな……そんな……」

そんなことないと言いたいのだろうが、今まで何の事情も知らなかった自分に言えることなどないと思ったのか、一樹はただ首を振り続けている。

洋子を愛慕している一樹に、こんな話は聞かせたくなかった。けれども、これが真実。

一樹にはもう何も隠したくない。すべてを知って欲しかった。

「あの村で、お袋は愛人で俺が庶子だってことを知らなかったのは、おまえくらいなものだ」

野心家の洋子があのひなびた村に暮らしていたのも、母親名義の土地を兄に渡さないため。実際は施設に預けっぱなしだったのに、母親の面倒を見たのだから自分に権利があると奪い取った。

洋子は欲しい物を手に入れるためならなりふり構わず、手段を選ばない。そんなところは自分と似ていると思う。

欲しい物は欲しい。自分も結局はエゴイストで、洋子を責める権利などなかった。

「一樹だけが偏見も何も持たずに、俺に接してくれていたと思っていた。それを裏切られた気がして……あんなひどいことをした。謝ってすむことじゃないのは分かっているが、謝らせて欲しい。本当に悪かった」

「朋兄ちゃん……俺、何にも知らなくて……知らない間に、朋兄ちゃんのこと傷つけてたんだね。俺の方こそ、ごめん」

実直に自分の非を詫《わ》びる朋成に、一樹も過去を振り返ってか涙をためた目で謝ってくる。

一樹には知らないままでいて欲しくて隠してきた自分のせいなのに、一樹に謝らせてしまい、朋成はさらに深い自己嫌悪に陥る。

「謝らないでくれ。俺はただ……どんな理由をつけてでも、おまえを抱きたかっただけだったんだ」

「どうして？　……俺のこと、好きだから？」

一樹は、膝が触れ合う至近距離から真っすぐに見つめてくる。

その存在を確かめるように頬を撫でれば、一樹の温《ぬく》もりが手のひらから伝わって、言葉は素直に心から流れでる。

「そうだよ。ずっとおまえが好きだった」

長年心に秘めて来た言葉が、あっけないほどするりと零れた。

やっと言えたことへの安堵感と気恥ずかしさに、どう受け取られるかの不安が混ざり合い、頭の中で渦潮が渦巻いているみたいにグラグラした気分になる。

目眩《めまい》がしそうなほど緊張して、ただ目の前の一樹を見つめることで平静を保つ。

「ずっとって、いつから？」

「きっと初めて会った時から、ずっとだよ。おまえは昔から泣き虫で生意気でわがままで――可愛かった」

「そんな昔からってことは、今は？　今も好き？」

「好きに決まってるだろ」

朋成の腕を摑《つか》み、何故か必死の形相で訊ねてくる一樹に戸惑いながらも、はっきりと言い切る。

その言葉に安心したのか微笑んだ一樹に、朋成も笑顔を返す。

「朋兄ちゃん……ショタコンはもういいの？」

「……ショタ……って」

無邪気に首をかしげる一樹に、一瞬何を言われたのか理解できなかった。

何を言われたか理解したところで、さらにまた呆然《ぼうぜん》となり絶句する朋成に、一樹は真面目に解説をする。

「ちっちゃい男の子が好きな人のこと、ショタコンて言うんだよ」

「意味なら知ってる！　知っているが、四歳しか違わないのにショタコンはないだろう！」

出会った頃の、小学一年生の自分を好きになったということは、ショタコンだろうという理論らしい。言いたいことは分からなくもないが、ひどい誤解だ。

そんなことを思われていたなんて、とんでもないと必死になって誤解を解きに掛かる。

「おまえが小学一年生の時は、俺も小学五年生だったじゃないか」

「そっか……朋兄ちゃんも、あの頃は小学生だったんだよね」

一樹にとって朋成はずっとお兄ちゃんだったけれど、まだ自分と同じく子供だったのだと気付いてくれたらしい。

「なのに……俺なんかよりずっと、寂しかったり悲しかったりしたんだよね」

祖父や職人達とも一緒だった一樹より、遥《はる》かに寂しい想いをしていたはず。それに考えが到らなかったことに落ち込んでか、一樹は項垂れる。

そんな一樹の素直な優しさが荒《すさ》んだ心に光を当てて、太陽に晒《さら》された氷のように意地もプライドもあっけなく溶けていく。

「一樹がいてくれれば、寂しくなんてない。……側にいてくれ」

「勝手なこと言うな！」

顔を上げ、言葉を荒らげる一樹に睨みつけられ、一気に血の気が引く。

怒鳴られても蔑《さげす》まれても当然のことをしておきながら、こんなことを言うのは虫がよすぎると自覚はあったが、実際に拒絶されると絶望のどん底に突き落とされた気分になる。

だが、側にいる資格がないのならと離れようとする朋成に、一樹は睨みつける目を潤ませてしがみついてきた。

「朋兄ちゃんの方が勝手にいなくなったんじゃないか！　俺は昔からずっと、ずっと朋兄ちゃんの側にいたかったのに」

疑いようもない真っすぐな視線が、心に突き刺さる。嘘も偽りも何もかも見透かされるだろう瞳に、朋成は隠し続けた胸の内を吐露した。

「一樹といると……何もかも忘れてしまいそうで、怖かったんだ」

「え？」

朋成の言葉を、悪い意味かと案じているらしい一樹に、そうじゃないと静かに首を振る。

一樹と出会うまで、朋成のことを心配して愛情を注いでくれたのは祖父だけ。それも遠方で実際に会うことはなかった。

手に触れられて、温度も感じられる距離で朋成を愛してくれる人は誰もいなかった。

朋成は小学生にしてすでに、誰にも必要とされない自分の存在意義について悩んでいた。

「俺のことを、金づるをつなぎ止める枷《かせ》としか思っていないお袋も、会いにも来てくれない親父も憎くて、何とかして見返してやりたかった。だけどおまえと出会って、そんな気持ちも忘れてしまうほど楽しくて……だから、逃げた。恨みとか、憎しみとか……そういった汚いものをみんな、おまえはかき消してしまうから」

幼い頃からずっと、どんな手を使っても金持ちになって周りを見返してやる、と心に誓って生きてきた。

それなのに、一樹と出会ってからそれができなくなってしまった。

何もない野原で泥だらけになって遊んで、笑って。毎日が楽しくて、一樹がいれば他に何もいらなかった。

「一樹のことしか考えられなくなって……それくらいに、おまえが好きだったから」

なのに、独り占めできないもどかしさ。それにいつまで何もしないでいられるか、自信がなかった。

まだ幼い一樹に理解できるはずもない感情と欲望を、抱いている自分が恐ろしかった。

一樹に嫌われるくらいなら、好かれたまま消えたい。一樹に愛されるお兄ちゃんでいるには、それしか方法がなかった。

「本当に？　本当に俺のこと好き？　好きだから……あんなことしたの？」

一樹は無理矢理抱かれた日のことを思い出してか、表情を強ばらせる。それでも離れようとはしない一樹をつなぎ止めたくて、必死に弁解する。

「好きじゃない相手に、あんなことはしない」

「……好きなのに？　俺が嫌だって言うこといっぱいしたし、やめてくれないし……意地悪ばっかり！　あんなことされて好きとか言われても、信じられない！」

「一樹……」

痛くて怖くて、最悪の初体験だったのだろう。苦しげに眉根を寄せる一樹に、改めてひどいことをしたと自責の念が押し寄せる。

まるで十代の童貞並みにみっともなくがっついて、相手を思いやることのない身勝手なセックスだった。思い出しただけで恥ずかしく、それ以上に申し訳ない気持ちで一杯になる。

ひたすら謝る以外に選択肢はない。

「悪かった。男とは初めてで……それに一樹が好きだから、好きすぎて加減が利かなかったんだ」

「初めてって……本当？　でも、男はってことは、女の人とはしてたんだよね……ふーん。まあ朋兄ちゃんは大人だし、格好いいからモテただろうし……」

じっとりと疑り深い一樹の視線が肌に突き刺さり、痛くていたたまれない。

おまけに、話が朋成の過去の女性遍歴の方に流れていきそうで、朋成は急いで軌道修正を図る。

「それは、そのっ、付き合っていればそういうことにも……成り行きというのも変だが、大人の付き合いというか、男女の間では何もない方が相手のプライドを傷つけるということもあってだな……」

しどろもどろに苦しい言い訳を並べ立てる朋成の様子がおかしかったのか、一樹は少し笑顔になる。

みっともないほど狼狽《うろた》える自分が恥ずかしくもあったが、一樹が笑ってくれるならそれでよかった。

「男は俺が初めてで、俺のこと好きだからあんなことしたんだよね？」

もう疑ってはいないけれど、あえて確認してくる一樹の甘えた表情に、心が蕩けそうになる。微笑みを浮かべる頬にそっと触れると、一樹はその手に頬ずりしてきた。

それが可愛くて、可愛くて。全面降伏する。

「そうだ。本当に悪かったと反省している。もう二度と一樹の嫌がることも痛いこともしないから、許してくれ」

「え？　……でも……朋兄ちゃんがしたいんだったら、ちょっとくらいなら……してもいいよ」

ほんのり頬を染め、照れくささから視線を逸らしながら呟く一樹に、下半身が反応しそうになった朋成だったが、ぐっと下腹に力を込めて堪える。

無理に繋《つな》がらなくとも、互いに気持ちよくなる方法はある。

してもいいと許してくれる気持ちが何より嬉しい。そんなことを言って貰えるならどんなことでも耐えられるし、どれだけでも優しくできる。

「無理しなくていい。痛かったんだろ？」

「痛かったけど、それよりも……嫌だった」

痛いから嫌だというなら分かるが、痛かったことよりもっと嫌だったことがあったらしい。どういう意味かと眉根を寄せて考え込むと、一樹はどう言えば上手《うま》く伝わるか言葉を探しているのか、時折考え込みながら答える。

「あの時は……朋兄ちゃんが、あんな痛いことするはずないって思って……それにほとんど目を瞑《つむ》ってたから、朋兄ちゃんじゃなくて、誰だか分かんない人にされてる気がして……気持ち悪くて、怖かった。だから、嫌だっただけ。朋兄ちゃんだと分かってれば平気」

多分。と少し自信なさげに付け足す一樹の肩を、朋成はがっちりと摑んだ。

「おまえを抱いたのは俺だ！　他の奴になんて触らせない！」

一樹が自分ではない男に抱かれるなどと、想像しただけで瞳孔《どうこう》が開いて卒倒しそうになる。実際には違ったとはいえ、一樹はそんな気分を味わわされたのだ。

しかし裏を返せば、朋成なら構わないと思ってくれていた。嬉しさと申し訳なさと愛しさが胸の中でせめぎ合う。

「本当に？」

「本当だ！」

まだ不安げに自分を見つめる一樹に力強く答えると、一樹は朋成だと確認するように手のひらでそっと朋成の顔の輪郭をなぞり髪を撫でる。

その優しい手を包み込み、唇に誘導して手のひらに口づけて、もう二度と怖い思いも、不安な思いもさせないと誓う。

「じゃあ……朋兄ちゃんだって、確認させて。今度はちゃんと、目を瞑らないで……見てるから」

「一樹……本当に、おまえが嫌だと言ったらすぐにやめるから」

絶対だからね、と頷いて微笑んでくれる唇に、触れるだけのキスをした。

その間も一樹は目を閉じずにじっと見つめている。その真摯な眼差しに誠実に答えようと、ありったけの優しさを込める。

「……んっ……」

何度かくり返すと、一樹は心地よさげな吐息を漏らして瞼を閉じてくれた。力が抜けたのか綻《ほころ》んだ唇を、恐る恐る甘噛みして口付けを深めても逃げない。

たったそれだけのことで、心拍数が上がるほど嬉しい。もう一瞬でも離れたくないほど心地いいけれど、胸が苦しすぎて身体を離した。

呼吸が上がり、肩で息をしてしまう。情けない事態に恥じ入りながら一樹を見ると、一樹も同じようで、二人して微笑んで見つめ合う。

「今……朋兄ちゃんとキスした」

「そうだよ。一樹は、俺とキスして……俺以外には触らせない」

愛しさに任せて抱きしめれば、素直に腕の中へ収まる一樹を促し、隣の寝室に敷かれた布団にまで移動する。

一樹のTシャツを脱がせようとすると、一樹も慣れない手つきで朋成のネクタイを外してシャツの前をはだけさせる。

積極的な一樹に、本当に自分を求めてくれていると分かって気分が高揚するが、調子に乗って自制を忘れてはいけないと改めて肝に銘じた。

事を急ぎすぎたくなくて、互いに上だけ脱いだところで、一樹の身体をシーツの上にそっと寝かせる。

輝くほどの褐色の肌に、バランスよく筋肉の付いた身体は黒豹《くろひょう》を思わせて、触れられることが奇跡に感じる。

膝をつき、かしずくように頭を垂れて、横たわる一樹の肩に口づけた。

弾力のある肌を甘噛みして味わうと、一樹は肩を揺らして吐息を漏らす。

嫌なのかと視線を上げると、目が合った一樹は照れくさそうに微笑んで、髪を梳きながら頭を撫でてくれる。

優しさが指先から染み渡ってくる。心地よくて目を閉じると、一樹は髪を梳く手に力を込めて朋成を胸に抱きしめてくれた。

「一樹……」

素肌を重ね合わせると、自分の居場所に帰り着いたような安堵感に力が抜けていく。このまま解け合ってしまいたいほどで、抱き合ったまま互いの肌の感触を楽しむ。

「やっ、ん……」

乳首が触れ合うと一樹はとっさに小さく声を上げ、慌てて口をつぐむ。

「ここに、触ってもいいか？」

「ち、ちょっとだけ、なら……んんっ！」

お許しをいただいた途端に吸い付く。がっつく自分が恥ずかしいと思うが、誘惑に勝てない。

柔らかな突起は、唇で挟み込むだけで息吹き始めた花芽のように色づいて硬くなる。露《あら》わになった形を確かめるように丹念に舌を這わす。

女性の物より小さくて胸の柔らかさもないそこが、どうしてこんなに愛おしいのか。分からないまま愛撫《あいぶ》を続ける。

「……んっ」

「一樹？」

声を押し殺している一樹が、腕で顔を覆っているのに気付いて行為を中断する。

腕をそっと摑んで下ろさせて胸の中に抱き込み、優しく頭を撫でて髪に口づけると、一樹は心地よさげに口元をほころばせた。

「……朋兄ちゃん？」

しかし、いつまで経《た》ってもそれ以上のことをしようとしない朋成に、一樹は笑みを消して怪訝な面持ちで朋成の顔を見上げる。

「嫌なんだろ？」

「嫌なんじゃない！　ただ……」

強がっていても、やはり怖いのだろう。言葉に詰まる一樹を抱きしめる腕に力を込める。

最初の時に無理強いをして、怖がらせた自分のせいだ。

今はただ、一樹を心ごと抱きしめられることが嬉しい。朋成は一樹の髪に頬ずりし、優しく抱きしめて背中を撫でて安心させる。

でも一樹は、子供扱いにむくれて唇を尖《とが》らせた。

「大丈夫だよ！　我慢できるから！」

「一樹……我慢なんかしなくていい」

「朋兄ちゃん、本当に俺のこと好き？」

好きなのにできなくて平気なのかと、視線で問うてくる。その挑発めいた表情に、いつの間にこんな艶《つや》っぽい目をするようになったのか、と狼狽える。

「好きだよ。……だから、おまえがして欲しくないことはしない」

「だけど、言動が一致してないよ」

一樹に、ズボンを持ち上げている股間《こかん》の事情を手で確認されて、朋成は飛び上がりそうなほど身体をびくつかせてしまった。

「それは！　……仕方ないだろ。そのうち治まる」

「それはどうかなぁ」

みっともない事態に狼狽えつつ、平気な振りで体面を保つ努力をする。だが一樹は、そんなささやかな努力を蹴散らす勢いでズボンの上からいじり倒す。

一樹が悪戯好きなのは重々承知しているが、これは洒落《しゃれ》にならない。

「こらっ、刺激するな！」

「朋兄ちゃん、俺のこと好きだからしたいこと我慢するって言うけど、俺だって朋兄ちゃんに我慢なんかさせたくない。朋兄ちゃんのこと、好きだから」

直球の告白が心を貫く。怖いほど真っすぐな気持ちが、痛いほど伝わってくる。

「一樹……」

「いいよ。朋兄ちゃんが俺のこと好きなんだったら、何してもいい。好きじゃないなら、しなくていいけど。朋兄ちゃんは、俺のこと好きでしょ？」

どんな鋼の理性も打ち砕くだろう、悪戯っ子の瞳で見つめられては、勅使を賜った家臣の如く服従するしかない。

「おまえしか、好きじゃないよ」

「俺も、朋兄ちゃんが好き。……けど、あんまり痛いことしたら、こうして、こうしてっ、こう！　だからね」

おそらく、右ストレート、アッパーに続いてボディーブローなのだろう一樹のジェスチャーに、堪えきれずに笑ってしまう。

「本当の本当にやるからね！」

「分かったよ。おまえは本当にわがままで……可愛いよ」

そんな態度が可愛くて、首筋や肩にいくつもキスを落とす。

一樹のズボンを脱がすと、朋兄ちゃんも脱いでと命じられ、朋成は一樹に監視されつつズボンを脱いだ。

折り重なって布団の上に倒れ込む。キスしながら、一樹を俯せにして滑らかな背中から腰をたどると双臀《そうでん》に行き着く頃には、一樹はひたすら優しい愛撫にただ息を弾ませていた。

痛みを与えたくないが、ローション代わりになりそうな物を取りに行くのに離れるのすら嫌だ。

藤色の蕾《つぼみ》をためらいなく舐《な》めると、一樹は上半身を起こして止めに掛かる。

「なっ！　駄目だよ！　汚いって……そんなっ」

こうしないと痛いから。男同士では必要なことでおかしなことではない、と恥ずかしがる一樹を言いくるめる。

なんでそんなこと知ってるの、と質問されて一般常識だと返すとじっとり睨みつけられた。

「そんなの俺、知らないよ」

「一樹が童貞だからじゃないか？」

軽く意地悪な言葉を投げかけてみると、否定できない事実を含む言葉に、一樹はむくれてそっぽを向く。

これ幸いと俯せにして愛撫を再開すると、馬鹿、エッチ、意地悪と散々に罵《ののし》られたが、それでもやめろとは言わないのが嬉しい。

弾力のある双臀を押し開き奥底を探るように舌を這わすと、さすがに身体を強ばらせたが抵抗はしなかった。

俯せの方が負担は少ないと聞くが、顔が見えなくて不安がらせてしまうかもしれない。

もう一樹から、誰に抱かれたか分からないなんて台詞《せりふ》を聞きたくないし、言わせたくもなかった。

腰をひねらせ上半身は横向きにして顔が見えるようにし、片足だけ曲げて秘所を露わにすると、どうする気かと不安そうに見つめてくる。

「少しだけ、痛いかもしれないが……無理ならすぐにやめるから」

一樹は頷いて大丈夫だと強がるが、不安が隠せていない。そんなところも愛おしくてそっと抱きしめた。

唾液《だえき》でたっぷり濡らした窄《すぼ》まりに、ゆっくりと指を差し入れる。一樹が意識して受け入れようとしてくれているせいか、最初の時よりずっと抵抗なく入る。

一樹の表情を窺いながら、花弁を開かせるように優しく、丁寧に解《ほぐ》す。

「んっ……ん……」

苦しそうな息を漏らしながら、それでも目が合うと無理に微笑もうとする一樹が愛しくてたまらない。

「あっ、あんっ……あぁ……んー」

なるべく一カ所に意識が集中しないよう、お尻や太ももにキスしながら愛撫を続けると、抜き差しの度に小さく漏れる声が少しずつ甘い響きを持ち始める。

もう大丈夫だろうかと上向かせてみると、想いが伝わったのか頬を染めた一樹が頷いた。

「一樹……本当に――」

「大丈夫だったら」

両手を伸ばして迎え入れてくれる一樹の上に、覆い被《かぶ》さった。

首筋に顔を埋《うず》め、鎖骨や上腕を貪る勢いでキスをする。腰から太ももまで手のひらでなぞると、一樹は身体をびくつかせたが、自分から腰を浮かせて協力してくれる。

一樹の太ももの裏に手をあてがい思い切り開かせると、恥ずかしい格好に一樹は目を閉じて顔を背ける。

「……一樹」

目を開けて、見ていて欲しい。一樹の中に入っていいのは自分だけ。そう許して欲しくて、呼びかける。

「朋兄ちゃん……いいよ」

恥ずかしさから少し視線を逸らしたまま、それでも受け入れようとしてくれる一樹に、朋成は腰を進めた。

「やぁ、んっ！」

先端部分を入れただけで跳ね上がった身体に、朋成の方がびくついて抜いてしまった。このままやめようかどうしようか一瞬悩んだが、一樹の方が謝ってきた。

「ご、ごめん……もう一回……今度は、ちゃんと……大丈夫！」

小さくガッツポーズで気合いを入れる一樹に、思わず笑ってしまって肩の力が抜ける。それで朋成は自分がガチガチに緊張していたと気付いた。

「悪かった。今度はもっと、ゆっくり……入れるから」

「うん。大丈夫。何とかなる、なる」

頷く一樹の、汗ばんだおでこに口づけると、いつものフレーズが飛びだして笑ってしまう。

二人して見つめ合って笑い、今度はゆっくりと、二人の呼吸を合わせるようにして一つになった。

「はっ、はぁ……んっ……」

「一樹……」

受け入れはしたもののやはり苦しいのだろう、荒い息をくり返す一樹が少しでも楽になるよう、腰を持ち上げ角度を合わせ、唇の届く範囲のすべてにキスをする。

一樹の平らな胸板で上下する、ぽつんと寂しげに見える小さな乳首に惹かれて指先で転がすと、繋がった場所がきゅんと締め付けられる。

「痛っ……や、嘘。今の嘘！　痛くない！」

一樹は繋がった部分に走った痛みに顔をしかめたが、とっさに打ち消す。

自分を思いやって痛みを隠そうとしてくれている、その気持ちが身体の快楽より大きく心を昂《たか》ぶらせる。

「痛いなら痛いと、言ってくれ。一樹を傷つけたくない。……できなくても、嫌いになったりしないから」

「俺の言うこと……何でも、聞いてくれる？」

やめろと言うなら、今すぐにでもやめる。苦しげに弾む息で訊ねられ、もちろんだと頷くと、腕を伸ばしてきた一樹にそっと抱き寄せられた。

「俺で……気持ちよくなって。朋兄ちゃんの、気持ちいい顔見せて」

「一樹……一樹……」

耳元でささやかれた言葉が、心にしみ通る。

伝えたいことが沢山あるのに、他に言葉が出てこない。愛しい人の名前をただ呼び続ける。

もっと一緒に、どこまでも深く繋がりたい。

けれど、これ以上の無理はさせられない。

今は気持ちだけ受け取ることにして、腰を引こうとするとその気配を察したのか、一樹が自分から朋成の腰を足で捉《とら》える。

「行っちゃ、やだ！　だめっ」

「行かないよ……どこにも。一樹の側を離れない。もう二度と……」

「朋兄ちゃんが、欲しい。全部、俺のだからっ」

「ああ……全部、一樹のだ」

抱き合う身体を少し離して顔を見せてやると、息を弾ませながら頬を撫でてくれる。熱いほどの体温を持ち、しっとりと汗ばんだ身体。

想い続けた愛しいすべてが今、腕の中にある。

我慢しきれず、朋成は一樹の腰をつかんで深く、最奥《さいおう》までえぐるように突き入れた。

「い、い？　……気持ち、いい？　……朋にぃ……んっ」

苦しげに眉根を寄せて、それでも愛しげに朋成のおでこに汗で張り付いた髪を指で梳きながら訊ねてくる。

仕草も視線も、荒くくり返される息までもが愛おしい。

「ああ、すごく……いいよ。こんなに……気持ちいいのは、初めてだ」

嘘でも何でもない。根元はきつく締め付けられ中に収めた物は熱い滑りに包まれる。そんな味わったことのない快感に、背中をしならせ腰を使い続ける。

前のめりになると、いつの間にか反り返るほど昂ぶった一樹の物が腹に当たった。

汗だけではない、先走りの滑りを感じて身震いするほど興奮する。自身が痛いほど怒張していくのを感じて申し訳なくなるが、鎮まらない。

せめて一樹の気を紛らわせて痛みを和らげようと、優しく唇や首筋にキスしながらわざと先端を刺激するように腰をくねらせて腹に擦りつける。

「やっ、だ、めっ……それ、気持ち、いいっ！」

一樹も気持ちよくなっている――それが分かって、感動に心が熱くなる。

「ひゃっ、う……あっ！」

もっと気持ちよくなって欲しくて、腹に鈴口を擦りつけながら手で茎を扱《しご》くと、一樹はびくんと跳ね上がり、自分の腹の上に白い欲求を吐き出した。

「あ……はぁ……やぁ、だ……もう……」

自分だけ達してしまったことを恥ずかしがっているのか、荒い息に胸を弾ませながら自分の出した物を手で隠そうとするのが可愛い。

胸元まで飛び散ったのを舐めとると、さらに恥ずかしがるのが可愛すぎて、どうしようもなくなる。

「一樹……もう……」

このまま繋がったまま達したかったが、中で出すのは嫌がられるだろう。身体を引こうとすると、一樹は優しく頬に手を添えて正面から見つめてくる。

「……いいよ。朋、朋兄ちゃん、なら……いいから。朋兄ちゃんじゃなきゃ、やだけど」

浅い息をくり返し、微笑もうとしても眉間《みけん》に皺が寄るのを止められない、それほどに受け入れている部分が辛いのだろうに、先を促す。

愛しさに、こちらの息まで苦しくなる。

「ああ……俺も。俺も、一樹じゃなきゃ、嫌だ」

ふいに、すべてが分かった。

今までの恋人に足りなかったもの。誰もみんな、一樹じゃなかった。

「一樹……愛してる。おまえだけを……」

「ホントに……好き？　一番……好き？」

「一番好きだよ。一番、愛してる」

「朋兄ちゃ……んっ、俺も、俺も……朋兄ちゃん……一番、大好き」

一樹は朋成の頭をかき抱き、無意識にだろうが腰をくねらせる。しっとりと汗ばんだ身体は互いに吸い付くようで、離れることなど思いも寄らない。

抱き合ったまま腰を揺らせば、そのまま根元まで一樹の中に収まった。

繋がったまま見つめ合えば、戦慄《おのの》く一樹の唇が声もなく自分を呼ぶ。

痛みと快楽とごちゃ混ぜになった感情で溢れる一樹の涙を、舌ですくい取る。

痛くても苦しくても、抱きしめてくれる。熱の塊のように熱い身体の中は、蕩けそうなほど熱くて甘やかだ。

「一樹……っ」

一樹でなければ駄目なのだ。朋成は、一番欲しかった人の中で果てる喜びに震えた。

無理はしないと誓ったはずが、許してくれたからとはいえ最後までして中で達してしまった。

きちんと後始末をしておこうと立ち上がろうとした、その腕を掴まれて動きを止める。布団に突っ伏したまま動かない一樹は、眠っているとばかり思っていたが、目を閉じていただけらしく朋成が離れる気配を察したようだ。

「どこ行くの？」

また置いて行かれると思ったのか、縋《すが》る視線がいじらしくて、そっと頭を撫でて安心させてやる。

「起きてたのか。タオルを取ってくるだけだ。──それとも、一緒に風呂に入るか？」

「お風呂？」

その一言に、不安げだった一樹はぱっちりと開いた瞳を輝かせる。

「昔、一緒にお風呂に入ったの覚えてる？　朋兄ちゃん、水鉄砲を教えてくれたんだよ」

「忘れるはずないだろ。一樹は自分にばっかり水を掛けてたよな」

一緒にお風呂なんて恥ずかしがるかと思ったのに、肩すかしを食らわされた。でも恥じらう姿もいいだろうが、この方がずっと一樹らしくて愛おしい。

あの時は上手くできなかったけど今はめちゃくちゃ飛ばせるんだから、と腕前を披露する気満々の一樹に苦笑するしかない。

元気に起き上がろうとした一樹だったが、やはり身体が痛むのだろう。眉をしかめてまた布団に沈み込む。

「一樹！　大丈夫か？」

「大丈夫じゃない。――抱っこして」

慌てて具合を確かめようと近づいた朋成に、一樹はわざとらしいしかめっ面をし、抱き上げるよう要求する。

「甘えん坊だな。一樹は」

「うん。知らなかったの？」

意地悪くからかったつもりが、笑顔であっさりと返された。一樹には本当に、絶対、一生勝てない気がする。

――そのことは、これから一生かけて確かめればいい。

朋成は自分に昔と変わらぬ全幅の信頼を寄せて自分に向かって両手を伸ばしてくる、わがままで可愛い王子様をその腕に抱き上げた。

再会の庭

今年の梅雨前線はどこで道草を食っているのか、六月になってもまだ梅雨入りしない。庭を再生する準備は万端に整っているのに、木に必要な雨が期待できないので始められない。

障子を開け放った座敷から庭を眺めていた一樹《かずき》は、すでに夏を思わせる晴れやかな青空を恨めしく眺めた。

座敷へ視線を移すと座卓の上は書類だらけで、朋成《ともなり》はその一枚一枚に目を通している。最近、朋成はほぼ毎日この別邸に帰ってくる。朋成にとって、もうこちらが本宅のようだ。すっかり一樹の部屋と化した座敷で、二人きりの時を持つのが日常になっていた。

しかし忙しいのか、朋成はよく仕事を持ち帰る。今日も日曜日だというのに書類に埋まっている。

「あっ！」

「どうした？」

不意に大事なことを思い出して、思わず声を上げてしまうと、朋成が驚いた様子で書類から顔を上げた。

「一昨日《おととい》、桜子《さくらこ》さんのライブだったんだよね。どうだったの？」

穏やかな日々にすっかり忘れていたが、仁志田《にしだ》の問題はどうなったのか。

朋成は大丈夫だと言ったが黙っておくわけにはいかず、桜子に連絡を取ってもらった。

勝手にチケットを渡したことを謝って、仁志田に注意するようお願いをしたのだが、桜子はまったく気にしていなかった。波乱は歓迎、チケットが無駄にならずにすんでよかった、と電話の向こうで笑う頼もしい桜子の様子に安心したけれど、実際はどうなったのか。

「桜子からは何も連絡はないが、ライブに行った社員から話は聞いた。開始早々にステージに上がった客が、ぶっ倒れてステージから落ちて救急車で運ばれたそうだ」

「それって……」

自分から足を滑らせたのか桜子に蹴落《けお》とされたのか定かではないが、ステージの高さは2メートルもなかったそうなので、大したダメージではないらしかった。

もっと悲惨な目に遭えばよかったのに、と朋成はひどく残念そうに口の端を歪《ゆが》めたが、救急車で運ばれるなんて相当だろう。

救急車が来たなんて、危ないバンドだと悪い噂が立ちはしないかと案ずる一樹に、朋成は逆にスキャンダルは歓迎されると笑う。

「ライブで失神者が出たと宣伝に使うはずだ」

「俺も一回、桜子さんのライブに行ってみたいな。今度一緒に行こうよ！」

「……そうか……まあ、行きたいなら仕方ないが……」

失神者が宣伝になるライブなんて、大迫力で楽しそうだ。心底行きたくなさそうな顔をする朋成に、一番後ろでちょっと見るだけでいいからと控えめにお願いした。

「ごめんね。仕事中だったのに邪魔して」

悪気はなかったが、邪魔をしてしまったことを詫《わ》びて仕事に戻って貰《もら》おうとしたが、朋成はちょうど一息入れたいと思っていたところだと微笑んでくれる。

その言葉が嘘か本当か分からないが、朋成は手元の書類をまとめて脇へ寄せる。

「じゃあ、お茶を入れるね」

仕事が済むまではと我慢していたが、本当は朋成と話がしたかった一樹は喜んでお茶の用意をした。

朋成の前にお茶を置き、そのまま隣にくっつくようにして座る。

少し前までは子供っぽいと思ったこの行為も、今では大人の恋人同士として当然に思えて、くすぐったいような嬉しさを感じる。

「昨日ね、石材店で素敵な鞍馬石《くらまいし》を見たんだ」

「その石は幾らするんだ?」

「二百万。本鞍馬の一トン物でこのお値段なんて格安だよ」

錆《さび》の浮き具合といい形といい完璧だった。

鞍馬石は切り出しが規制され、今ではあんな大物にはなかなかお目にかかれない。いい物を見た、と思い出しただけで感嘆のため息が漏れる。

「俺も、あんな大物の石を扱える庭師になりたいな」

将来の夢を語る一樹に、朋成はとんでもないことを言ってきた。

「そうか。で、いつどこへ運ばせる？」

「へ？　ああ、将来はってことだよ。今はまだ無理だし、第一そんなの買えるお金なんてないよ」

「でも欲しいんだろ？　買ってやる」

「か、買ってやるって……」

まるであめ玉でも買ってくれるくらいの気軽さで言う朋成に絶句する。そんな一樹に、朋成は不思議そうな眼差《まなざ》しを向ける。

「欲しい石があったから、石屋に行ったんだろ？」

「鉄平石《てっぺいせき》を見に行っただけだよ！」

鉄平石はよく園路に敷かれている平らな石畳用の石で、一石せいぜい数千円だと説明する。

「離れの周りの飛び石を、網代《あじろ》敷きとかの段差がない石畳に変えてバリアフリーにすれば、茂《しげる》おじいちゃんも気軽に庭へ出られるようになると思って」

離れの周りの奥庭は段差が多く、足腰の弱った茂が安全に散歩できる範囲は限られていて、一樹はそれが気に掛かっていた。

茂おじいちゃんにも、この素晴らしい庭の全貌《ぜんぼう》を見て貰いたい。

どんなに美しくても、せっかく回遊式の庭なのに家人が散策できないようではいけない。

朋成だけの庭なら今のままで変えたくなかったが、朋成の祖父も住んでいると知ったからには、そのことも考えてあげたかった。

いつまでも子供のように自分のことばかり考えるのではなく、相手のことを思いやれる大人になりたい。

無理な背伸びをする気はないが、自分のできる範囲で大切な人の役に立ちたかった。

「しかし……気持ちはありがたいが、それじゃあ庭の景観が変わってしまうじゃないか」

「今の庭は、俺のお父さんが朋兄ちゃんのお父さんのために創った庭だから。今度は俺が、朋兄ちゃんと茂おじいちゃんのための庭に造り直したい」

あんなに守りたいと固守していた庭だ。祖父のために一樹が無理をしているのではと朋成が心配するのも分かる。

でもスロープを下木で隠したり、手すりを木や竹で作ったり、美観を損なわない工夫はいくらでもあると説明する。

「俺にも、朋兄ちゃんのためにしてあげられることがあるなんて嬉しいから、させて欲しい」

「俺はおまえがいてくれるだけでいい」

朋成から真《ま》っすぐに見つめられると照れる。照れるけど、嬉しい。

照れ隠しに一樹はわがままをぶつける。

「えー？　俺はただ一緒にいるだけじゃやだ！」

何か不満なのかと顔を曇らせる朋成に、一樹は腕を絡ませてしがみつく。

「一緒に美味《おい》しい物食べに行ったり、遊びに行ったりしたい。そーだ！　旅行にも行きたいな」

「お望みのままに。——王子様」

無邪気な欲求に安心したのか、朋成は甘えて見上げる一樹にいつものように笑顔を向けてくれる。

「旅行って、どこへ行きたいんだ？」

そう訊《き》かれても具体的には考えていなかったので、頭に浮かぶイメージを適当に並べていく。

「取りあえず温泉は必須でしょ。それから、海の幸！　海なんて高校の時に日帰りで行ったきりだから、海水浴もしたいな。あ、茂おじいちゃんは海は好き？」

「……まさか、祖父も一緒、か？」

「まさか、置いていく気なの？」

甘い雰囲気に突然塩を投げ込まれたようなしょっぱい顔をする朋成に、悪戯《いたずら》な笑顔で問い返すと、たじろぐ朋成が面白くてクスクス笑ってしまう。

「いや、でも、まずは二人きりで……祖父を連れて行く前に、設備が整っているか下見をしてからの方がいいだろう！　その方が安心で安全だ」

朋成は思いつきで反論してきたようだが、それも一理ある。長歩きのできない茂が、旅の間に不自由しないようにしてあげたい。

それに、一樹自身も朋成と二人きりで旅行したい気持ちがあった。

でもそんな気持ちは上手に隠し、すました顔でしょうがないなと大げさにため息をつく。

「近場に電車で行くのも茂おじいちゃんは喜びそうだよね。まずは日帰りで下見に行こうか？」

「一泊だ。泊まらないと夕飯や風呂の設備とか……いろいろと分からないだろ」

どうしても一樹と二人きりで泊まりがけの旅行がしたいのか、力説してくるのが面白くて、嬉しい。場所はネットとかでいろいろ調べて決めよう、なんて話をしているだけでもわくわくしてくる。

「ああ。……それから、一樹のおじいさんも誘おうか？」

「え？　いいの？」

朋成と茂おじいちゃんと旅行なんて、これ以上嬉しいことなんてないと思ったのに、さらに素晴らしい提案をされて、テンションが跳ね上がる。

朋成はどうしてこんなに自分を喜ばせるのが上手《うま》いのか。

浮かれて実際に飛び上がりかねない勢いの一樹を、朋成は穏やかな笑みを浮かべて落ち着かせるように頭を撫《な》でる。

「いいよ。みんなで一緒に行こう。その方が楽しいだろう」

「朋兄ちゃん大好き！」

「俺もだよ。一樹を誰よりも愛してる」

嬉しさに飛びかかって抱きつくと、しっかりと抱き留めてくれた。そして耳元で、まずは二人きりの下見が先だからなと念を押してくる。

きっと、朋成がこんな子供っぽい素顔を見せるのは自分にだけ。そう思うと、なおさらに嬉しくなる。

一樹は自分だけの特別な朋兄ちゃんに、遠慮なく甘えられる幸せに浸った。


久しぶりに何の予定もない休日。

朋成は、一樹が使っている主庭に面した座敷を、もう一樹の部屋にしてしまうつもりで、彼が仕事にでている間に押し入れなどの整理をはじめた。

志津子《しづこ》から聞いた話だが、勝《まさる》は屋敷を訪れた際に、この部屋を自分の部屋として使っていたという。

庭が一番よく見渡せる部屋だから、屋敷の主の部屋として相応《ふさわ》しいのだろうが、朋成はべッドを使いたかったので洋風な書斎を選んだ。

勝の存命中に屋敷を訪れたことのない朋成には、ここが父親の部屋という思い出も実感もない。一樹がいたがる場所にいさせてやりたい。

一樹の荷物を入れるのに邪魔になる物は、処分するつもりでいた。

しかし、別荘として使っていただけに大した私物はなかった。

ただ、天袋の奥にしまい込まれていた、文箱《ふばこ》らしき桐《きり》の箱には興味を引かれた。

「これは……」

ちょっとした好奇心で開けた箱の中身に、朋成は思わず声を漏らす。

中に入っていたのは、この屋敷の庭の写真。

朋成には庭のことはよく分からないが、今より植木が小さいので、ずいぶん以前の物だろうと推測できた。

一樹が愛する、一樹の父親が創った庭。その昔の写真だなんて、どれほど一樹か喜ぶか。

その喜ぶ顔を想うだけで笑顔になれる。

これは朋成にとって、国宝級に素晴らしいお宝だった。

無造作に重ねられたその写真の束を取り出し、一枚ずつ確認する。

——もしかしたら、どこかに幼い頃の一樹の姿も写っているかもしれない。

期待に胸を膨らませながら何枚かをめくっていくと、庭木に混じってその木を剪定《せんてい》する人の姿も映っていた。

一樹の父親の秀樹《ひでき》だ。これはこれで、一樹が大喜びするだろう、世界遺産級に素晴らしい発見に心が弾む。

こうして見ると若い頃の秀樹は、今の一樹とよく似ている。性格の方はきっと母親に似たのだろう。そんなことを考えながら、さらにめくっていく。

「あった！」

秀樹に抱き上げられ、無邪気な笑顔を浮かべて小さな手で剪定ばさみを使う一樹。おそらく小学校中学年の頃だろう。懐かしい一樹の姿に、だらしなく頬が緩む。

一樹は昔から本当に可愛かった。今も可愛いが――

心の中でのろけながら見ていくと、最初の数枚はただの庭の写真だったのに、途中からはどの写真にも秀樹の姿があるのに気付く。

秀樹本人が撮られていることを意識して、はにかむような笑顔をカメラに向けているものもあるが、ほとんどは気付いていない。剪定したり他の庭師に指示を出していたり、ごく普通に仕事をしている。

さらにめくり進めると、庭師の仕事ぶりを撮っているとは思えない、あきらかに秀樹を狙《ねら》って隠し撮りしたと分かる写真の方が多くなる。

上の数枚の風景写真はカモフラージュで、本当に撮りたかったのは秀樹だったのだろう。

望遠レンズで撮ったらしい横顔や首筋、さらにはお尻辺りのアップまで出てきたところで疑いは確信に変わった。

写真から感じるのは、撮影者の恋する視線。

妻も愛人も気の強い女性だった勝にとって、物静かで穏やかな秀樹は心安まる人だったのかもしれない。

思い人の何気ない仕草や表情を写真に切り取り、一人でこうして部屋で眺めていたのか。自分の父親が盗み撮りをしていたことに、情けなさより切なさが胸にこみ上げる。

写真を見る限りでは、二人の間に『施主と庭師』以上の関係があったと思えない。

朋成は、いつか父親より稼げる男になって見返してやるつもりだったが、その前に父親は亡くなり、不戦勝で勝ち逃げされた気分だった。

その父親が、密《ひそ》かに想いを寄せた人の息子を恋人にできた。それは勝ったと言っていいかもしれない。

けれど、そんなことはどうでもよくなった。

妻も愛人も利用することしか考えていないと思っていた父親が、本気で誰かに恋したことがあったのだと知れて嬉しかった。

この恋の記録は、静かに眠らせておきたい。

故人とはいえ、自分の父親のプライバシーだ。一樹には見せられない不自然な写真だけをより分けて桐の箱に戻し、誰にも見られないよう、自分の部屋の鍵の掛かる引き出しの中へしまった。

座敷へ戻り、残った写真をもう一度見直していると、玄関辺りで声がして走ってくる足音が聞こえる。

その元気な足音に、自然と口元がほころぶ。

仕事から帰ってきた一樹を驚かせたくて、写真を着物の合わせの間に隠した。

「旅行のパンフレット貰ってきたよ！」

何に興奮して走って帰ってきたのかと一樹を見れば、何冊ものパンフレットを手にしていた。仕事帰りに旅行代理店の前を通りかかったので、よさそうなパンフレットを片っ端から貰ってきた、と得意げに見せてくる。

「俺も、一樹に見せたい、いい物を持ってるんだ」

「えーっ、これよりいい物？」

朋成が喜んでくれると思ったのに、それよりもっといい物があるみたいな朋成の口調に、一樹は少し拗《す》ねた表情をする。

「そうだよ。——上手にキスができたら、見せてあげよう」

不満に唇を尖《とが》らせる一樹に、そんな口をするならキスして欲しくて強請《ねだ》ってみると、一樹は朋成の前に膝《ひざ》をつき、そのまんま水を飛ばそうとする鉄砲魚みたいに尖らせた唇でキスしてきた。

「はい。見せて」

これの何処《どこ》が〝上手なキス〟なのか非難を込めた目で見つめると、じゃあ見本を見せてと問い返される。

一樹の悪戯な瞳《ひとみ》を見つめながら腕に抱き込み、頭を反らして上向かせて口づけた。

「……んっ……」

強引にはしても、乱暴にはしない。

あくまでもそっと優しく舌でなぞって、唇を開かせる。僅《わず》かな隙をついて舌を口内に差し入れ、甘い蜜《みつ》を吸うようにうっとりと口づける。

「――あっ」

首筋から、つっと下の方に手を滑らせると、一樹は背をしならせて朋成から少し身体《からだ》を離す。

「……昼間は、駄目って言ってるだろ」

頬と一緒に赤く染まった可愛い耳に、昼でなければいいんだと囁《ささや》きたかったが、そんなことをしたら照れ隠しにしてはやり過ぎだろと呆《あき》れるほどポカポカ殴られるので、しない。このくらいの恥じらい方が、可愛くてちょうどいいので黙っておく。

それに、今はあの写真を一樹に見せて喜ばせたい。

わざとらしく怒った顔をしつつも、膝の上に座ったままな一樹の目の前に写真を取り出す。

「ん？　何の写真？」

「ついさっき見つけたばかりだから、整理出来ていないが」

写真も自分の気持ちも整理できていなかったが、今すぐに伝えたいことがあった。本当はきちんとしたアルバムに入れて贈ってやりたいところだが、束のままの写真を一樹に渡した。

「これ……え？　これって、この庭の？　……お父さんが写ってる！」

「一樹が写ってるのもあるぞ」

一樹は次々に写真をめくりながら、すごいすごいと大興奮する。

膝の上で暴れられると尾てい骨が当たって痛いのだが、これも幸せな痛みと黙って耐える。

「朋兄ちゃん。この写真、焼きましして！」

年代からして、ネガフィルムで撮られたのだろう写真だ。奥の間の金庫かどこかにネガもあるはず。

金庫の中は佐緒里《さおり》が調べ、重要な物は本宅の金庫に移し替えたので、後は大した物は入っていないだろうとざっとしか目を通さなかった。

ちゃんと探しておくから、それまでこの写真は一樹が持っていればいいと渡してやる。

「でも、朋兄ちゃんのお父さんが撮った写真なのに」

欲しいけど、朋成にとっても大切なものだろうと遠慮する。自分を思い遣《や》ってくれる一樹に応えるように、朋成も優しく一樹の頭を撫でる。

「ここに置いておいてくれれば、俺もいつだって見られるから、いいよ」

ありがとう、大事にするからと首筋に腕を回して抱きつく一樹を、朋成も強く抱きしめ返した。

二人でひとしきり写真を眺めてから、朋成は庭に出てみようと促す。

「俺のお父さんはそこで……朋兄ちゃんのお父さんはこの辺りから撮ったんだね」

写真を見ながら、お互いの父親がどこにいたのかを推測する。

当時の光景を一樹は楽しそうに想い描くが、朋成の胸には心を千切られるような切なさが満ちる。

秀樹亡き後、勝はどんな気持ちでこの庭を眺めていたのか。

恋する人の残した庭を、一人で眺め続ける。そんなこと、自分にはとても耐えられない。

朋成は足下を見回し、砂利の隙間から生えている細長い草に目を留める。

一樹がしっかり手入れしているといっても、雑草の逞《たくま》しさは侮れない。何処から種が飛んできて、いつの間にか芽吹く。

「一樹。この草は雑草か？」

「そうだけど？」

どう見ても雑草だったが、万が一を考えて抜いてもよいものか確認してから、朋成はしゃがみ込んでその草を引き抜いた。

「あっ、朋兄ちゃん雑草抜いた！」

以前、庭に関して誓約書を書いた。弁護士は立ち会わせなかったが、実印を押して形式は整ったもの。

一樹がそのことを覚えているか、確認したかったのだ。

覚えてはいるが本気にしていないと分かる、笑いながらはやし立てる一樹に、立ち上がった朋成は真顔で告げる。

「これで、この庭はおまえの物だ」

「え？　……朋兄ちゃん？」

「約束をしただろ？　雑草一本でも勝手に抜けば、この庭は屋敷ごとおまえにやると」

あの誓約書は庭の現状を維持するという約束で、雑草一本のことで譲るだなんて誇張だろうと思っていた一樹は戸惑い、訝《いぶか》しげに眉根《まゆね》を寄せる。

「ここには茂おじいちゃんも住んでるのに、そんなこと軽々しく言っちゃ駄目だよ」

何故突然そんなことを言い出したのか、冗談にしてもたちが悪いと心配してくれる眼差しが愛おしい。失いたくない気持ちがさらに増す。

真剣な表情を崩さない朋成に、一樹は困った顔をして真面目に説得してくる。

「庭の手入れならできるけど、屋敷の管理なんてできないよ。それに何より、固定資産税が払えない！」

　手入れすれども所有せず。というか、できないと胸を張る。

　その様子がおかしくて破顔すると、笑ってくれたことが嬉しかったのか一樹も微笑んだ。

　一樹のこの笑顔を、ずっと見ていたい。気持ちも新たに、朋成は一樹の肩をつかんで正面から見つめ合う。

「この庭は一樹の好きにしていい。その代わり、ずっと側にいさせて欲しい。何処にも行かないで欲しい。俺の方からおまえの側を離れることは、二度とないから」

「……朋兄ちゃんってば、心配性なんだから」

　朋成の真摯《しんし》な眼差しに、ようやく早世した一樹の父親と、一樹を重ね合わせていると気付いたのだろう。一樹も切なげに泣き笑いの表情になる。

「俺は大丈夫だよ。元気だし、安全第一で仕事してるし」

「しかし、庭仕事をする際にヘルメットをしていないだろ。した方がいい。また脚立から落ちたらどうするんだ」

　言いながら、一樹を抱き寄せて後頭部の怪我《けが》の痕《あと》を探った。かさぶたが剝《は》がれてから毛は生えてきたが、少しだけくぼんでいて名残はある。

　これを持ち出されては反論しがたいのだろうが、肘《ひじ》当てや膝当てもした方が安全では、と気を揉《も》みはじめる朋成に、一樹はそんなのしたら動きづらくて逆に危ないと笑う。

「朋兄ちゃんはねえ、俺のこと甘えん坊って言うけど、朋兄ちゃんが甘やかすからいけないんだよ」

ぐうの音も出ないもっともな正論だが、朋成もすぐに切り返す。

「おまえが可愛いから甘やかしたくなるんだ。だから、一樹が悪い」

事故に遭わないか、どこかで怪我をしないか、悪い虫に目を付けられたりしないか、心配は尽きない。

わがままだと分かっているが、言わずにはいられない。

「この庭の専属庭師になって欲しい。他の庭になんて行かなくてもいいだろう?」

「でも、仕事先には昔からのお得意さんもいるし……」

一樹にもそうしたい気はあるのだろうが、一つの庭に固守していては技術も向上しないと困った顔をする。

「何処の庭に行っても、ここに帰ってくるから……朋兄ちゃんと、この庭が一番大好きだから」

一樹の方が、だだっ子をなだめるように朋成の頬を撫でる。その顔は少し大人びて見えた。

「……じゃあ、もう旅行になんて行かなくてもいいか」

一樹の成長が嬉しくもあり寂しくもあり。悪戯心が湧いてきて、何処にも行かずにずっとここにいようなんてからかうと、思惑通り一樹は顔色を変える。

「ええっ！　それはやだ！」

それはそれ！　温泉、駅弁、海の幸ーっ、と行きたい場所や食べたい物を一所懸命に訴えてくる。

さっきまでの甘い雰囲気も余韻も、嵐のように吹き飛ばす子供っぽさが、やはり嬉しい。

そんなに一足飛びに大人になることはない。

ずっと二人で一緒に歳《とし》を重ねていこうと心に誓う。

——この再会の庭で。

あとがき

こんにちは。ルチル文庫さんでは初めましてになります、庭師さんラブな金坂です。

お金持ちから貧乏になった可愛い王子様と、貧乏だったけどお金持ちになった意地悪王様――そんな話を書きたいな、と思いつつ形にできず。ある日、ふと幼なじみの再会物にしたらどうだろう、と思いついたら、その日のうちにプロットが出来上がりました。

思いがけずルチル文庫さんから出版していただけることになり、予想外の展開の連続でしたが、一番嬉しい予想外は緒田涼歌先生に挿絵を描いていただけたことでした！

黒髪キャラの艶っぽさがたまらない緒田先生に描いていただけるとは、夢にも思いませんでしたが、キャラを黒髪設定にした当時の私、よくやった！　と快哉を叫んでしまいました。

緒田先生、素敵なイラストをありがとうございました。

何度も何度も些細なことでお時間を取ってしまったのに、嫌ごとも言わずに付き合ってくださった担当さんにも感謝しています。

ここまで読んでくださった皆様にも、大感謝です！

少しなりとも楽しんでいただけましたら嬉しいです。

二〇一四年　四月　野苺の花咲く頃　金坂理衣子

✦初出　秘恋の庭……………書き下ろし
再会の庭……………書き下ろし

金坂理衣子先生、緒田涼歌先生へのお便り、本作品に関するご意見、ご感想などは
〒151-0051 東京都渋谷区千駄ヶ谷 4-9-7
幻冬舎コミックス　ルチル文庫「秘恋の庭」係まで。

幻冬舎ルチル文庫

秘恋の庭

2014年5月20日　第1刷発行

✦著者　金坂理衣子　かねさか りいこ

✦発行人　伊藤嘉彦

✦発行元　株式会社 幻冬舎コミックス
〒151-0051 東京都渋谷区千駄ヶ谷 4-9-7
電話 03(5411)6431［編集］

✦発売元　株式会社 幻冬舎
〒151-0051 東京都渋谷区千駄ヶ谷 4-9-7
電話 03(5411)6222［営業］
振替 00120-8-767643

✦印刷・製本所　中央精版印刷株式会社

✦検印廃止

ISBN978-4-344-83134-6　C0193　Printed in Japan